SPENCER COHEN, LIBRO DOS

SERIE SPENCER COHEN

N.R. WALKER

DERECHOS DE AUTOR

Artista de portada: Sam York & N.R. Walker
Editor: Posy Roberts, Boho Editing
Editorial: BlueHeart Press
Traductor: Francisco David
Spencer Cohen, Libro Dos © 2022 N.R. Walker
Serie Spencer Cohen © 2022 N.R. Walker

Todos los derechos reservados:

Advertencia:

Destinado a un público mayor de 18 años. Este libro está destinado a un público adulto. Contiene lenguaje gráfico, contenido explícito y situaciones adultas.

Marcas comerciales:

DEDICATORIA

Esta serie está dedicada a todos los Spencer: a los que lo han perdido todo pero aún tienen esperanza, a los que tienen demasiado miedo de volver a amar pero lo anhelan igualmente, a los que han pasado por el infierno y aún son lo suficientemente fuertes como para sonreír, y a los que llevan sus cicatrices grabadas en la piel.

SINOPSIS

Finalmente, pasando de novios falsos a novios reales, Spencer Cohen y Andrew Landon están tratando de tomar las cosas con calma. Saben que lo que tienen podría ser algo especial y, a pesar de la tensión sexual inflamable, no quieren estrellarse y quemarse.

Spencer está aprendiendo a abrirse y compartir los secretos de su pasado con Andrew. Con miedo de arriesgar su corazón pero incapaz de detenerse, sabe que se está enamorando. Andrew está aterrorizado de saltar a ciegas, pero cuanto más lento van, más rápido caen.

Mientras navegan por su nueva relación, a Spencer le preocupa que Andrew se asuste cuando acepta un nuevo cliente. Pero no es un caso normal, y Spencer pronto se da cuenta de que no todo es lo que parece. Cuando el trabajo da un mal giro, Spencer y Andrew trabajan juntos para ayudar al cliente. Tendrán que decidir si están listos para el siguiente paso.

Libro Dos
Serie Spencer Cohen

N.R. WALKER

CAPÍTULO UNO

ESTABA NERVIOSO. También tenía resaca, pero la adrenalina estaba a flor de piel, el corazón me latía con fuerza y me sudaban las palmas de las manos, pero de esa manera tan emocionante, tan realista. Andrew me miró y sonrió.

—Espero que no te importe que haya dormido en tu sofá.

—No, en absoluto —respondí rápidamente—. Me alegro de que lo hayas hecho. Siento lo de anoche. —Era la quinta vez que me disculpaba—. Normalmente no bebo así.

—Me lo dijo Emilio —dijo—. Subió y llamó a la puerta para ver cómo estabas. Todavía estabas dormido, así que me dijo que bajara a la tienda. Se pasó la mañana intentando decirme que no me enfadara contigo y que eras de los buenos.

Miré a la mesa que nos separaba, sintiéndome un poco avergonzado de que Emilio se hubiera puesto a lavar mi imagen. Andrew había sugerido el local marroquí al que le había llevado antes y, sin preguntarme siquiera qué quería, pidió lo mismo que yo había pedido para él una vez: un desayuno completo de tortitas y khobz b'chehma, café para él y té verde para mí. Me llenó de una calidez desconocida saber que me conocía tan bien.

—Sí, Daniela y él son buena gente.

—Dijo que sólo te había visto así una vez —dijo Andrew con suavidad. Mantuvo sus manos sobre la mesa, pero deslizó su pie junto al mío. Ese simple toque fue tranquilizador, pero un gesto tan inocente. Mi estómago se inundó de mariposas—. ¿Que fue cuando apareció tu hermano? Emilio no dijo nada más que eso.

Tragué con fuerza y le hice un gesto con la cabeza. Por suerte, Zineb vino a la mesa con nuestras bebidas. Me dio un momento para ordenar mis pensamientos. Normalmente desviaría la pregunta, y por una fracción de segundo, pensé en llamar al veto. Pero Andrew era diferente. Esto era diferente. Así que respiré hondo y, aunque le hablé a mi té verde, Andrew me escuchó atentamente.

—Tengo dos hermanos, Lewis y Archie. Yo soy el mayor y nos llevamos dos años de diferencia. Mi hermano menor, Archie, vino de visita el año pasado. No terminó bien. —Me aclaré la garganta—. Yo... he estado por mi cuenta desde los dieciséis años. Mis padres me echaron.

—¿Porque eres gay?

—Sí. —Miré entonces a Andrew para encontrar una mirada de sorpresa y enfado en su cara. Le dediqué una sonrisa triste—. Es curioso, sabes, tuve la mejor infancia. Realmente lo fue. Un gran barrio, buenos amigos, montábamos en bicicleta, hacíamos deporte. Mamá y papá trabajaban, pero nos llevaban a mí y a mis hermanos después del colegio a un montón de deportes y actividades. Hacíamos cosas juntos, en familia, íbamos de camping, teníamos vacaciones en la costa. Pensaba que podía contarle a mi madre cualquier cosa.

—Oh, Spencer —susurró Andrew. Deslizó su mano por la mesa y me dio un apretón. Me aferré a sus dedos, sin querer perder ese contacto, lo que me sorprendió incluso a mí. No me había dado cuenta de lo mucho que necesitaba el contacto.

—Al final, fue algo que probablemente debería haberme guardado para mí.

—¿Qué pasó?

—Mamá se quedó callada. Papá se fue. Nunca le había visto tan enfadado —respondí negando con la cabeza—. Durante dos días nuestra casa fue... bueno, no fue un lugar muy agradable para estar. Cuando llegué a casa del colegio el segundo día, mi madre me sentó y me dijo que tenía que irme.

—¿Qué?

—Sí. Ya habían recogido mis cosas. Sólo algo de ropa y algunas cosas del colegio de mi habitación. No podía llevar nada más. No estaba permitido. Y mi viejo sólo se sentó allí y no dijo una maldita palabra.

La mandíbula de Andrew se abrió.

—¿Tenías dieciséis años? ¿Qué hiciste?

—Me quedé en casa de mi amigo durante una semana más o menos. Pero entonces mi padre puso fin a eso diciéndoles a los padres de mi amigo que tal vez había corrompido a su hijo, y ya no pude quedarme allí. Pasé unas cuantas noches en el parque antes de que mi tía se enterara y me acogiera.

Andrew respiró profundamente y sus fosas nasales se encendieron.

—Estoy tan cabreado por ti ahora mismo.

—Sobreviví. En realidad, tuve algo de suerte.

—¿Suerte?

—Que tuve a mi tía Marvie. Ella me acogió y me quiso como a un hijo. Era la única familia que tenía. En realidad, no era mi tía; era la tía de mi padre, así que técnicamente era mi tía abuela Marvie.

—¿Era?

—Falleció el año pasado —dije en voz baja tragando el nudo en la garganta—. Ni siquiera sabía que estaba enferma. Al parecer, lo estaba desde hacía tiempo; se había enterado cuando hice planes para viajar hasta aquí, y ella estaba totalmente a favor de que viniera. Nunca me dijo que estaba enferma. No quería que me preocupara. De hecho, se alegró por mí cuando le dije que quería viajar. Me dio algo de dinero y me dijo que me divirtiera como nunca. —Suspiré—. Sólo me enteré de que había fallecido semanas después, cuando el abogado se puso en contacto conmigo por su testamento. Llevaba unos meses aquí.

Andrew palideció y una oleada de tristeza bañó su rostro.

—Oh, tío. Spencer, lo siento.

—Yo también. —Sorbí mi té y me tomé un momento para poner en orden mis pensamientos. No era fácil hablar de esto, pero parecía que los últimos días habían reabierto las heridas que creía haber conseguido curar. Respiré entrecortadamente—. En fin, llevaba unos cuatro años viviendo con la tía Marvie; podría haberme mudado, pero era un poco mayor y le gustaba la compañía y, para ser sincero, me encantaba vivir con ella. De todos modos, era el quincuagésimo cumpleaños de mi padre. Fue una gran fiesta, de etiqueta, ese tipo de cosas. No me sorprendió que no me invitaran. No esperaba menos. Pero él le dijo a la tía Marvie que tampoco era bienvenida, y hubo una gran pelea familiar. Dios, mi abuela lloró durante una semana. —Me encogí de hombros—. Nan estaba dividida entre su hermana y su hijo. Fue horrible. Al parecer, papá me culpó de todo el asunto. Dijo que todo era culpa mía porque *si no hubiera elegido ser gay* —imité su voz—, *nada de esto habría ocurrido.*

Zineb puso nuestra comida en la mesa y, obviamente, al detectar la seriedad de nuestra conversación, no ofreció nada más que una amable sonrisa.

—De todos modos —continué—, me dijo en términos inequívocos que ahora me daban por muerto.

Andrew se quedó con la boca abierta y, sin quitarme los ojos de encima, puso lentamente el tenedor sobre la mesa.

—Pero lo que más me dolió fue que no me dijeran que la tía Marvie había muerto. Eso fue muy bajo. Es decir, habría ido a su funeral... Ni siquiera sé si le organizaron uno. —Parpadeé para que no se me escaparan esas lágrimas que Andrew había visto demasiado en los últimos dos días. Me reí para ahuyentarlas—. Hombre, debes pensar que soy un idiota llorón. No he llorado tanto en, bueno, más de un año.

Negó con la cabeza y me apretó la mano.

—No, en absoluto. Dios mío, Spencer, no puedo creer lo horrible que es esto. ¿Y luego tu hermano apareció aquí?

Asentí.

—Hacía años que no lo veía. Es cuatro años más joven que yo, así que supongo que no éramos tan amigos. Me fui de casa cuando él tenía doce años, y sólo lo vi unas pocas veces en los seis años que pasé con la tía Marvie. De todos modos, estaba aquí en un viaje de fin de estudios, o eso dijo. No tenía ni idea de que iba a venir hasta que apareció. —Le dediqué a Andrew una sonrisa triste—. Es curioso cómo la esperanza nunca desaparece. Por un momento pensé que podría ser bueno, ¿sabes? Pero, bueno, no lo fue. Me dio lo que era básicamente una carta de cese y desistimiento del abogado de mi padre. No debía volver a tener contacto con ellos. Verás, los llamé por lo de la tía Marvie y bueno, aparentemente a mi padre no le gustó eso. Hay otras cosas legales sobre el negocio familiar también, pero sí, básicamente no debo volver a contactar con ellos.

Andrew estaba sentado, mirándome con la mandíbula

desencajada y un rubor en las mejillas que creía que podría ser de la ira. Apuñaló una tortita con el tenedor.

—Si te parece bien, creo que me gustaría odiar a tu familia.

Eso me hizo reír.

—Puedes tomar un número. La lista es larga.

—¿Realmente te hicieron eso?

Asentí.

—Mi hermano no sabía lo que había en la carta. Bueno, dijo que no lo sabía, pero no importa. No le culpo por no querer saber nada de mí. Era bastante joven cuando mis padres le lavarían el cerebro, o lo que fuera que hicieran. Y no dudo que mi padre le hizo entregar la carta sólo para herirme. Podría haber hecho que su abogado la enviara por correo.

—¿Has hablado con él desde entonces?

—No. La carta del abogado era bastante clara. Básicamente era para quitarme su dinero. La tía Marvie me dejó una buena cantidad de dinero cuando falleció, así que creo que mis padres querían asegurarse de que eso no volviera a ocurrir cuando ellos murieran. La tía Marvie tenía escrito en su testamento que mi padre no podía impugnar sus últimos deseos porque era un bastardo homófobo amargado —dije riendo.

Andrew sonrió ante eso.

—Parece que era una mujer increíble.

—Lo era —respondí simplemente—. Gracias por decir eso.

—Siento mucho que lo hayas pasado tan mal. No puedo ni imaginarme pasar por eso.

—Es difícil saber que estás solo. Verdaderamente solo. A veces pienso que hubiera sido mejor que murieran, ¿sabes? Como si hubieran muerto de verdad, en un accidente de coche o algo así. Al menos tendría un cierre de esa manera. Pero no ser querido, sí, fue duro.

Andrew se recostó en su asiento y suspiró.

—No tenía ni idea. Aunque sabía que había pasado algo. Tus ojos se estremecieron cuando mencioné a la familia, y luego vetaste mi pregunta sobre tus tatuajes.

—Y yo que pensaba que lo había escondido bien.

Andrew sonrió, aunque fue breve.

—Y te hice ver *Cómo entrenar a tu dragón* 2, y el padre murió. Dios, Spencer lo siento mucho.

—No lo sabías —le dije—. Y para ser honesto, me sorprendió. No me lo esperaba, y me ha pillado de sopetón. No era mi intención asustarte de esa manera. Si soy completamente honesto, había estado fuera de balance toda la semana. Ya sabes, un chico guapo para el que se suponía que iba a trabajar me estaba haciendo replantear cosas. Había pasado años sin permitirme sentir nada, y entonces este tipo de la portada de *El Más Sexi de los Geeks Vivos* me derribó de culo al piso.

—Oh —murmuró Andrew en voz baja. Tardó un segundo en darse cuenta de que estaba hablando de él—. *Oh.*

—Hace años me dije que no permitiría que nadie se acercara lo suficiente como para hacerme daño de nuevo —admití en voz baja—. Me he mantenido a distancia de cualquier tipo de relación. Pero luego llegaste tú.

Andrew se sonrojó y me dedicó una tímida sonrisa.

Tenía que decir esto ahora, o nunca lo haría.

—Y tengo que admitir, Andrew, que me asustó mucho. Seguía pensando que podía verme contigo, y eso iba en contra de todo lo que me había dicho durante años. Nunca quise exponerme, ¿sabes? Pero entonces me di cuenta, cuando te dejé allí con Eli, que ya lo había hecho. Y pensé que lo habías elegido a él, y me sentí indeseado de nuevo. Así que mi cabeza estaba dándole vueltas a todo, contigo y con mi familia. No sé si eso explica por qué perdí la cabeza anoche, pero es todo lo que puedo decir.

Me miró directamente.

—Eso lo explica con creces. Y no eres indeseable, para que lo sepas. Todo lo contrario. Saliste en la portada de *Vida Moderna en Los Ángeles*, ¿verdad?

Sonreí ante su intento de hacerme sentir mejor, y fue un cambio agradable respecto al pesado tema de conversación.

—Vamos, a comer. O se enfriará y entonces Zineb nos gritará en árabe por no gustarnos la comida. —Esperé a que diera unos cuantos bocados—. Te prometo que no volveré a perder la cabeza.

Se rio antes de morder su panqueque.

—¿Puedo preguntarte algo?

No estaba seguro de qué más había que decir.

—Claro.

—¿Nunca quisiste que volviera con Eli?

Dejé el tenedor y di un sorbo a mi té. Aquí estaba. Todo o nada.

—No. No quería. Cuando te quedaste con él en el bar, pensé que era lo que querías. Es decir, era en lo que trabajábamos. Pero tenía esperanzas. Y la esperanza era algo que no me había permitido sentir durante un tiempo, supongo. Y ya sabes, esa temida esperanza puede ser algo peligroso. Quiero decir, tú eras diferente. Desde el primer día, no eras como cualquier otro tipo para el que había trabajado. —Solté una carcajada. Era tan ridículo decir estas cosas en voz alta—. Y traté de mantenerlo todo separado, pero no pude porque ya ves, tengo un corazón estúpido, y un cerebro estúpido, y entonces nos besamos.

Andrew sonrió con el tipo de sonrisa que arruga las esquinas de los ojos.

—Y por Dios, sabes besar —dijo. Esta vez fui yo quien se sonrojó, lo que claramente le pareció divertido, o atractivo, o posiblemente ambas cosas—. Y para que lo sepas, fue lo que me decidió.

—¿Besarme?

Andrew asintió y se aclaró la garganta.

—Pensé que me estaba engañando a mí mismo, pensando que, ya sabes, podrías estar interesado en mí. Quiero decir, creí que quería que Eli volviera, lo que ahora veo que no era así en absoluto. Cuando se fue me faltaba algo. Quería algo, sólo que no sabía qué era. Pero nunca fue Eli. Dios, me hiciste ver que él no sabía nada de mí. Y entonces me besaste y... —Se sonrojó hasta el cuello—. ...y pensé que eso no podía ser parte de tu actuación, ¿verdad?

Negué con la cabeza lentamente.

—No estaba actuando. —Me moví en mi asiento—. De hecho, creo que contigo nunca lo hice.

Apartó su plato vacío y se mordió el labio.

—¿Así que vamos a ver si esto va a alguna parte? Ya sabes, sólo para que estemos en la misma página. No tiene que ser nada oficial. Sólo quiero pasar tiempo contigo. —Frunció el ceño—. Tiendo a adelantarme, así que si estoy leyendo esto mal...

De repente, mi pecho se sintió demasiado pequeño para mi corazón. Dejé escapar una risa nerviosa.

—No estás leyendo mal esto. Yo también quiero pasar tiempo contigo. Y sé que es sólo el principio, pero para que lo sepas, no me opongo a que sea *oficial.* —Luego me encogí de hombros—. Yo tampoco estoy demasiado familiarizado con ello, pero si vamos a hacer esto, más vale que lo hagamos bien, ¿verdad?

Su sonrisa era realmente especial. Luego miró alrededor del café y llamó a Zineb con un gesto.

—Creo que tenemos que irnos —me dijo—. Necesito que me beses de nuevo, y no creo que debamos hacerlo aquí.

Solté una carcajada y levantó la vista cuando Zineb llegó a nuestra mesa.

—La cuenta, por favor.

CAPÍTULO DOS

NOS ESCABULLIMOS hasta las escaleras que llevaban a mi piso. Sugerí que evitáramos las miradas y sonrisas cómplices de todos los que estaban en la tienda y que fuéramos directamente por la parte de atrás. Pero Gabe estaba allí fumando un cigarrillo y se puso una sonrisa interesante cuando nos vio.

—¿Vais a subir para algo en particular? Parece que tenéis prisa.

Andrew se detuvo, se metió las manos en los bolsillos y se escondió detrás de mí esperando que hablara. Me mantuve inexpresivo.

—Sí, ya me siento mucho mejor, gracias por preguntar.

Gabe resopló y señaló con la cabeza mi apartamento.

—A punto de sentirte mucho mejor, supongo.

Andrew me empujó suavemente hacia las escaleras, siguiéndome de cerca. Se aclaró la garganta.

—Vaya, me encantaría quedarme a charlar.

Gabe se rio, y yo me dejé guiar por los primeros escalones, cuando oímos a Lola.

—Gabe, ¿con quién estás hablando cariño?

Gabe agitó locamente su mano hacia mi puerta, lo que significaba "corre-corre-corre".

—Salid de aquí antes de que os vea —susurró. Luego se volvió hacia el interior de la tienda—. Nadie, nena. Sólo murmuraba para mí.

Subí las escaleras de dos en dos con Andrew pisándome los talones, y para cuando metí la llave en la cerradura y atravesamos el portal, Lola gritó:

—¡Te he visto, Spencer! Gabe, ¿qué demonios?

—Nena, sólo estoy dando una oportunidad a mis hermanos —respondió Gabe—. Los chicos tienen que cuidarse unos a otros.

—Te la debo, tío —le grité antes de cerrar la puerta tras nosotros con una carcajada.

Entonces sólo estábamos Andrew y yo. Y eso me puso increíblemente nervioso.

Ya estaba sin aliento. Mi sonrisa se esfumó un poco y me limpié las manos en los muslos.

—¿Puedo ofrecerte una bebida?

—Claro —dijo. Pensé que iría al salón, pero no lo hizo. Me siguió hasta la cocina. Mi apartamento no era grande, pero en ese momento me pareció claustrofóbico. Como si pudiera sentir el calor de su cuerpo sin importar dónde estuviera parado.

Le entregué una botella de agua y tomé un trago de la mía para darme un momento para controlar mi corazón latiendo desbocadamente. Pero entonces, Andrew se lamió los labios, dejándolos rosados y brillantes, y entonces perdí toda señal hacia mi cerebro.

Dejó la botella en la encimera a mi lado y se colocó justo delante de mí. Estaba cerca, pero sin llegar a tocarme, y tenía el control, mientras que yo respiraba como si hubiera corrido una maratón. Andrew sonrió, me puso los dedos en la barbilla y me pasó el pulgar por la barba. Se acercó tanto que pude sentir el calor de su aliento.

—Sobre ese beso...

Deslizó su mano a lo largo de mi mandíbula y sujetó mi cabeza, justo donde él quería. Rozó sus labios con los míos, casi, pero no del todo, y creí que se me iban a doblar las rodillas. Mi corazón latía tan fuerte que creía que él podía oírlo. Entonces rozó su labio inferior con el mío antes de retirarse un poco. Se me cortó la respiración y sonrió.

—Mi parte favorita es el casi-beso —susurró—. Es embriagador.

Utilizaba grandes palabras y frases completas mientras mi cabeza daba vueltas, y cuando acercó su nariz a la mía, lo único que pude decir fue:

—Tengo un cerebro estúpido.

Andrew se rio y yo arruiné el momento. No es que pareciera inmutarse, porque me cogió la cara con las dos manos y acercó sus labios a los míos. Abrió la boca y me inclinó la cabeza, y cuando nuestras lenguas se encontraron, el deseo puro explotó en mi sangre.

Lo atraje y lo besé con más fuerza, sintiéndolo *por fin* contra mí, saboreando su boca, bebiéndolo. Era el paraíso. Esto era lo que yo quería. A él. Besarlo así siempre que quisiera. Pude sentir su sorpresa por la ferocidad con la que lo besé, pero pronto se relajó en mis brazos y me recibió con el mismo fervor.

Podía sentir todo su frontal contra mí, y no me cabía duda de que él podía sentir lo duro que estaba. Saber que él tenía la misma reacción me estimuló, y no pude evitar chocar mis caderas con las suyas.

Gimió durante el beso, y el sonido fue directo a mi polla. Separé nuestras bocas y lo empujé un poco hacia atrás, poniendo algo de espacio entre nosotros. Parecía confundido, así que mantuve mis manos en su camisa.

—No te alejes —susurré, mientras intentaba recuperar el aliento. Me lamí la comisura de la boca y él observó mi lengua. Sus pupilas estaban dilatadas, sus labios hinchados, y parecía tan jodidamente caliente—. Sólo necesito un segundo —le dije.

Puso su palma en mi mejilla

—¿Necesitas algo de tiempo?

Me reí, avergonzado.

—Sólo si no quieres que esto termine en unos diez segundos.

—Oh. —Sus ojos se abrieron de par en par—. *Oh.*

—Sí, lo siento. He estado un tiempo sin estar con nadie, y tú eres increíblemente sexi.

Andrew se rio y se pasó una mano por el pelo.

—Bueno, el primer beso ciertamente no fue una casualidad.

—Aparentemente no. —Resoplé, y mi cerebro finalmente encontró su voz—. Deberíamos... deberíamos tomarnos un respiro, supongo. Quiero decir, no hemos hablado de nada físico. ¿Tienes expectativas o limitaciones? ¿Quieres tomártelo con calma? Quiero decir, apenas rompiste con como se llame hace un mes. No quiero que te sientas presionado...

—¿Me estás preguntando qué quiero?

—Sí, supongo. Quiero decir, hemos estado saliendo durante... oh, ¿siquiera estamos saliendo? ¿Es eso lo que hacemos?

Andrew sonrió.

—No me opongo a salir contigo.

Una manada de mariposas se alzó en mi vientre.

—Bien. De acuerdo, entonces. Así que, hemos estado saliendo como dos horas.

Andrew me cogió la mano y me pasó el pulgar por los nudillos. Una sonrisa de satisfacción se dibujó en sus labios.

—Bueno, técnicamente, llevamos dos semanas de falsa relación.

—Cierto.

—Hemos salido a cenar, a desayunar, a tomar algo —dijo. Había una pizca de atrevimiento en su voz—. Entonces, dos semanas es realmente una cantidad decente de tiempo antes de que nos besáramos, ¿verdad?

—Cierto.

—En realidad, dos semanas es una cantidad de tiempo decente para otras primeras cosas, ¿no?

Me gustaba a dónde iba con esto.

—Si tú lo dices.

Tiró de mi mano y empezó a caminar hacia atrás, guiándome hacia delante, hacia mi dormitorio.

—Yo lo digo.

—¿Estás seguro?

Dejó de caminar.

—Lo estoy, siempre que tú lo estés. ¿Estás seguro?

—Estoy *muy* seguro.

Sonrió, aliviado.

—Oh, gracias a Dios. —Tiró de mi mano para que estuviera pegado a él, y esa adrenalina, ese fuego líquido, volvió a encender mi sangre. Acercó sus labios a los míos—. No tiene por qué ser sexo —dijo bruscamente. Luego juntó nuestras caderas para que nuestras erecciones se presionaran mutuamente—. Pero podemos tener este tipo de roce, ¿verdad?

Y eso fue todo el estímulo que necesitaba.

—Joder, sí. —Lo guie hacia atrás para ir a mi habitación con mi boca incapaz de soltar a la suya. Mis manos se dirigieron a sus caderas y, cuando la parte trasera de sus piernas chocó con mi cama, lo incliné, dejándolo tumbarse de espaldas. Me arrastré por encima de él, admirando el bulto que sobresalía en sus pantalones.

Se me hizo la boca agua.

Se inclinó un poco, se sacó la camiseta por encima de la cabeza y volvió a tumbarse. Estaba un poco pálido, pero todas esas horas en el gimnasio le habían dejado bien marcado y tonificado. La vista me robó literalmente el aliento.

—Eres increíblemente sexi.

Sin quitarme los ojos de encima, se llevó las manos a los pantalones y abrió lentamente el botón.

Me apoyé en las rodillas para poder tomarme un segundo para tranquilizarme, pero fue inútil. En su lugar, me palpé la polla.

—Jesús, Andrew, esto va a terminar vergonzosamente rápido.

Se mordió el labio como si mi afirmación fuera un desafío y deslizó los dedos por debajo de los calzoncillos. Se agarró a sí mismo y vi la cabeza hinchada de su polla.

Cerré los ojos y respiré profundamente.

—Oh, joder.

Entonces soltó su polla y utilizó ambas manos para tumbarme de espaldas en la cama. Su fuerza me sorprendió, su asertividad y su deseo de control aún más.

Estaba entre mis piernas y tiró bruscamente de mis vaqueros, abriendo la bragueta de un tirón. Luego tiró de mi camiseta y me la sacó por encima de la cabeza; estaba haciendo lo que le daba la gana conmigo, y yo se lo permitía.

Este era Andrew el mandón. Claro, era callado, un poco tímido incluso, pero no tenía ningún reparo en decir lo que pensaba o pedir lo que quería. O simplemente tomarlo. Cuando Andrew había dicho que era versátil, yo podría haber dudado de su revelación. Pues bien, ahora ya no dudaba de él.

—Vas a hacer que me corra —dije con un gruñido.

Se inclinó sobre mí, separando mis piernas con sus

muslos, y deslizó su mano libre alrededor de mi dolorida polla. Habló con brusquedad, con sus labios casi rozando los míos.

—No te resistas.

Con ambas manos, atraje su boca hacia la mía. Con su mano bombeándome y su peso encima de mí, su lengua en mi boca, no pude contenerme más.

El placer estalló en mi vientre, caliente y delicioso. Mi espalda se arqueó cuando mi orgasmo me sacudió, y el semen manchó nuestros vientres. Cuando abrí los ojos, Andrew estaba encima de mí, mirándome con asombro en los ojos.

—Joder —susurró.

Era la primera vez que le oía decir una palabrota, y me hizo reír. O tal vez fue la neblina inducida por el orgasmo en mi cerebro lo que me hizo reír. En cualquier caso, se inclinó y me besó suave y lentamente. Subió la mano y, apoyándose en los codos, me puso las dos manos en el pelo. Quise decirle que creía que acaba de mancharme el pelo de semen, pero frotó su polla contra mí una y otra vez, cada vez más rápido, hasta que rompió el beso para poder gemir. Se acarició una última vez y se quedó quieto, con su semen caliente disparándose entre nosotros.

Nunca había visto nada igual.

Se desplomó sobre mí, deshecho y agotado, así que nos giré hasta quedar encima de él. Lo besé en los labios, la mejilla, la mandíbula, por el cuello hasta la clavícula, y sonreí.

—Tenía razón —le dije—. Ese rubor va desde tus mejillas hasta tu pecho.

Dejó escapar una carcajada y su brazo cayó pesadamente sobre la cama.

—Ha sido increíblemente caliente —le dije pellizcando la piel rosada de su mandíbula—. Eres increíblemente sexi.

Abrió un ojo perezosamente y me miró como si hubiera perdido la cabeza.

—Bien. —Volvió a cerrar los ojos y negó con la cabeza.

Le besé suavemente.

—Mírame. —Esperé hasta que sus ojos se abrieron.

Tardaron un segundo en enfocarse y luché contra una sonrisa, pero mantuve mi cara a escasos centímetros de la suya para que tuviera que mirarme.

—Eres el hombre más sexi que he conocido. Eres inteligente, talentoso, divertido e hiciste que me corriera en cuestión de minutos.

Volvió a sonrojarse y trató de apartar la mirada. Le puse suavemente los dedos en la barbilla y mantuve el contacto visual.

—Eres un hombre extraordinario, Andrew. Tendré que seguir diciéndolo hasta que me creas.

Me miraba fijamente, simplemente me miraba, y yo no habría podido apartar la mirada aunque hubiera querido. Finalmente se aclaró la garganta y sonrió.

—Bueno, no me opongo estrictamente a quedarme aquí todo el día contigo, pero ¿podríamos ducharnos? Estamos un poco, ya sabes...

—¿Pegajosos?

Andrew se rio.

—Eh, sí. Y nuestra ropa es un desastre. Bueno, en realidad, era tu camiseta.

Le di un beso en los labios y me aparté de él.

—Creo que te quedaba genial esa camiseta —dije ofreciéndole mi mano para levantarlo de la cama—. Creo que podríamos necesitar un viaje a la lavandería.

—Tengo una lavadora en mi casa —respondió—. Podríamos ir.

Miré mi cama.

—Mis sábanas también están hechas un desastre.

Miró la ropa de cama arrugada y se encogió de hombros.

—Bueno, si hay que lavarlas, podríamos asegurarnos de que realmente lo necesitan.

Me reí de eso.

—¿Estás sugiriendo algo?

Me pasó la mano por el brazo, por el pecho y hasta la mandíbula, donde me rascó suavemente la barba.

—Estoy sugiriendo algo, sí —susurró. Capturó mi barbilla entre el pulgar y el dedo y me atrajo para darme un beso—. Creo que primero deberíamos ducharnos.

—¿Juntos?

—Sí.

Vaya.

—De acuerdo.

Deslizó su mano libre por mi estómago y por encima de mi bragueta aún abierta y palmeó mi polla medio dura.

—¿Esto está bien?

Solté una carcajada.

—Ah, sí. Muy bien.

Se lamió los labios y mis ojos se fijaron en su lengua. Me dio un apretón.

—¿Cómo de grande es tu ducha?

En lugar de responder, lo cogí de la mano y lo llevé al baño. La ducha no era enorme, pero no me importaba; los dos cabíamos en ella. Abrí los grifos y me volví hacia él. Seguía sin camiseta y tenía los pantalones desabrochados. Pude ver el bulto apenas oculto en sus calzoncillos.

—Joder, qué caliente —murmuré. Me puse contra él, con nuestras frentes completamente unidas, y susurré contra sus labios—, y tú tienes una boca sucia.

Sonrió.

—Siempre son los callados...

Sonriendo, lo besé y deslicé mis manos sobre sus caderas y le bajé los pantalones. Luego le acaricié sus huevos y vi cómo sus ojos se agitaban y su respiración se entrecortaba. Lo besé, con la boca hambrienta y más que dispuesta. Me rodeó con sus brazos y deslizó sus manos por mi culo, bajándome los vaqueros y los calzoncillos de una sola vez.

Era diferente estar desnudo delante de Andrew. Estaba casi nervioso, lo cual era algo nuevo para mí. Era como si me despojara de algo más que de la ropa, como si me viera.

Él estaba gloriosamente desnudo. Estaba bien definido y bien dotado. Estaba circuncidado y su polla era larga, colgando con orgullo de un nido de vello púbico rubio. La piel de su pecho, estómago y brazos era impecable. Ni una marca, ni una cicatriz, simplemente pálida y perfecta.

Sus ojos recorrieron mi cuerpo, mis brazos tatuados, mi pecho desnudo y bajaron hasta mi polla. Cuando sus ojos volvieron a encontrarse con los míos, parecía un poco borracho. Me reí de él y me metí en la ducha.

—¿Algo divertido? —preguntó, siguiéndome al cubículo.

Me enjaboné el pecho y me lavé el semen seco del estómago.

—En absoluto. —Dejé caer la cabeza en el chorro de agua caliente y me lavé rápidamente la cara antes de entregarle el jabón. Sólo que cuando abrí los ojos, él estaba de rodillas y el agua caía sobre él mientras me miraba—. Oh, Jesús.

—Ahora no es divertido, ¿verdad?

Me reí de todos modos y apoyé la espalda en las baldosas, pero mantuve las caderas donde estaban.

—Dios, Andrew.

—¿Te parece bien que te la chupe? —preguntó con voz ronca.

Oh, joder. Mi vientre se tensó ante sus palabras.

—¿Tengo que rogar?

Puso su puño alrededor de la base de mi longitud, y cometí el error de mirar hacia abajo. Porque, joder. La cabeza de mi polla estaba en sus labios, y sus ojos se habían vuelto oscuros, su piel estaba húmeda y su lengua... oh, Dios, su lengua se sentía como el cielo cuando me lamió.

Pasé suavemente mis dedos por su pelo. Sin guiarle ni urgirle. Sólo necesitaba tocarlo. Entonces me llevó a su boca, y mi estúpido cerebro tuvo un cortocircuito.

Mantuvo una mano alrededor de mi pene, la otra acunó mis bolas, y su boca trabajó la cabeza. Y me chupó para llevarme al orgasmo.

Jesús. Cristo. Joder.

La cabeza me dio vueltas y vi el firmamento detrás de mis ojos. Entonces sus manos estaban en mi cara y me besó. Fue una mezcla de agua y mi sabor, y luego cerró el grifo. Todavía estaba mareado cuando salí de la ducha, pero no podía dejar de ver su erección. Me sequé rápidamente y me envolví con una toalla, y mientras él seguía secándose con la toalla, le cogí la mano y le llevé de vuelta al dormitorio.

—Tu turno —le dije—. Acuéstate.

Se sentó en la cama y se echó hacia atrás. Luego apoyó las almohadas y se inclinó hacia atrás, ajustándolas para estar casi sentado.

—¿Qué? —preguntó cuándo me reí de él—. Quiero mirar.

Me arrodillé en la cama y me metí entre sus piernas abiertas. Era realmente magnífico. No perdí tiempo en devolverle el favor. Levanté su pesada polla y lamí desde el saco hasta la cabeza, provocando un siseo por su parte.

Cuando probé su hendidura, su respiración se entrecortó, y luego gimió cuando lo llevé a mi boca. Era tan ruidoso que cada reacción era una recompensa a mis esfuerzos, y eso me estimulaba. Por mucho que quisiera prolongarlo, sacar cada sonido de sus labios, quería saborearlo aún más.

Sus manos encontraron acomodo en mi pelo, y no tuvo

reparos en mostrarme cómo le gustaba. *Joder*. Y cuando levanté la vista, se estaba mordiendo el labio inferior y su pecho se agitaba. Sus ojos ardían y se fijaban en el lugar donde su polla desaparecía en mi boca.

—Oh, Dios —gritó—. Me voy a correr.

Chupé con más fuerza y bombeé su eje hasta que se flexionó bajo mí y se corrió en mi garganta con un grito ronco. Todo su cuerpo se estremeció y se sacudió a medida que su orgasmo lo atravesaba, y sólo cuando se desplomó sobre las almohadas y se retorció de placer lo liberé.

Le besé el pezón, lo que le hizo reír, y luego los labios, lo que le hizo vibrar de deseo. Cogí las mantas de la cama, las extendí y me acosté a su lado en el nido de almohadas que él mismo había hecho. Se acurrucó, lo rodeé con el brazo y, con sólo unas cuantas respiraciones profundas entre nosotros, nos quedamos dormidos.

Hacía mucho tiempo que no me acostaba en la cama y sólo dormía con un hombre. Normalmente sólo pasaba tiempo en la cama con un hombre para tener sexo y sólo sexo, pero esto era... agradable.

Muy, muy bonito.

Era cálido, reconfortante y seguro.

Me costó mucho hacerme a la idea de que hace dos semanas ni siquiera conocía a este hombre. Más aún, que hasta ayer, seguía intentando que volviera con su ex.

No es que me esforzara demasiado, era lo último que quería. Dios, lo quería para mí, y aquí estaba en mi cama. En mis brazos.

Y todo empezó porque me pagó para que volviera con su ex, y me pregunté si el intercambio de dinero lo hacía raro.

Como si pudiera leer mi mente, dijo:

—Um, sobre el contrato...

Suspiré.

—¿Podemos romperlo?

Levantó la cabeza y me miró.

—Todavía te debo dinero.

Me eché a reír.

—Ah, no, no es así. De hecho, creo que debería devolverte lo que ya me has pagado.

Negó con la cabeza.

—No, no necesitas hacer eso.

—Me sentiría mejor si lo hiciera —le dije con sinceridad.

—Pero hiciste tu trabajo. Todo lo que planeaste que pasara, pasó.

—No *planeé* que me eligieras —corregí suavemente—. Quería que lo hicieras.

Se rio.

—Elección de palabra equivocada, lo siento. Pero igual hiciste tu trabajo.

—No puedo aceptar tu dinero.

—Spencer, todavía tienes facturas que pagar, comida que comer.

—Me sentiría... mal, si lo tomara. —Me encogí.

Sus cejas se fruncieron.

—¿Por qué?

—No sé —dije—. Como un chico de alquiler o algo así. —Andrew se quedó con la boca abierta—. Oh, Spencer. No.

—Sí —le sonreí—. Un chico de alquiler, pagado por los servicios prestados.

—¿En qué me convierte eso?

—Mi chulo.

Se rio.

—Vaya, gracias.

Resoplé.

—Mejor ser el chulo que la puta, supongo.

Puso una cara pensativa.

—Depende. Al menos la prostituta tiene sexo.

Me reí a carcajadas.

—Y pensar que dijiste que Eli no estaba muy interesado en el sexo. Estoy empezando a pensar que el hombre estaba loco.

Entonces Andrew se quedó callado, y me pregunté si había dicho algo equivocado.

—Bueno, tiene un poco de sentido si toda su agenda para vivir conmigo era tomar los diseños originales.

—Sin embargo, dijo que no lo hizo, ¿verdad?

—Sí.

—¿Le crees?

—Curiosamente, sí. Fue genuino cuando lo admitió.

—¿Cómo estaba anoche? —le pregunté—. Cuando se lo dijiste.

—No estaba muy sorprendido creo. Parecía decepcionado.

—Así debe ser.

—Dijo que nos había visto juntos antes, aquella vez en el bar por el cumpleaños de su amiga. —Suspiró—. Todo el asunto es un poco confuso, pero para ser honesto, me alegro de que haya terminado como lo hizo porque pude conocerte.

Le di un pequeño apretón.

—Yo también.

—También dijo que fuiste a verlo a su trabajo. Te reconoció.

Le había dicho a Andrew que había ido a ver a Eli, pero eso no me preocupaba.

—¿Le pareció sospechoso? ¿Le dijiste que me habías contratado? Ya sabes, al principio.

Me sorprendió riéndose.

—Dios mío, no. ¿Por qué iba a hacer eso? Sólo imaginó que tenías curiosidad por él.

Me incliné para poder ver su cara y le dije la verdad.

—La tenía. Quería ver con qué tipo de hombre estaba tratando, en una situación que no te involucrara. Y tenía que ver cómo era él —admití—. Y si soy completamente honesto, quería ver por qué lo elegiste.

Andrew me dedicó una sonrisa de satisfacción. Parecía un poco somnoliento y saciado. Feliz, incluso.

—Yo no lo elegí. Él me eligió a mí. Bueno, al menos para empezar.

—Entonces, no está tan loco. —No quería preguntar si Eli había admitido que había escogido a Andrew con la esperanza de robarle sus diseños de arte, sólo pensarlo me daba rabia, y no quería que Andrew se sintiera utilizado. Más de lo que ya se sentía—. Sigue siendo un capullo. Pero tienes una historia con él, y puedo respetar eso.

—¿Podemos no hablar de él? —preguntó. Me pasó la mano por el pelo y luego estudió mis ojos por un momento —. Preferiría hablar de ti. Y si no nos levantamos pronto de esta cama, no creo que nos levantemos en todo el día.

La sola idea de lo que estaba insinuando me hizo tararear.

—Vaya, una decisión difícil. Hacer mi colada o tú. —Se rio de eso, pero rodó fuera de la cama haciéndome caer de bruces sobre la almohada. Me quejé—. Lavar la ropa entonces.

CAPÍTULO TRES

—¿PODEMOS tener una siesta? —pregunté en el coche de camino a su casa.

—¿Tienes cinco años?

Me froté los ojos con las palmas de las manos.

—La noche anterior me está afectando.

—¿O sólo estás tratando de llevarme a la cama?

—Posiblemente. ¿Siempre respondes a cada pregunta con una pregunta?

Sonrió.

—Posiblemente.

—Realmente siento lo de anoche. En realidad no bebo tan a menudo —le dije—. Por eso estaba tan destrozado.

—Está bien, Spencer —dijo mirando desde la carretera hacia mí. Sonrió—. Emilio me dijo que no bebes. Tal vez algunas cervezas de vez en cuando, pero no licor fuerte. —Se rio un poco—. Creo que les preocupaba que pensara mal de ti. Estaban muy ocupados diciéndome lo buen chico que eres.

Negué con la cabeza.

—No les pedí que hicieran eso.

—Sí, lo sé. Estaban preocupados por ti.

Suspiré.

—Les debo un gran agradecimiento. Una cena o algo así.

—También me dijeron que habías sido diferente conmigo desde el primer día —dijo con aire despreocupado. Había una pizca de humor en sus ojos.

—Te lo dijeron, ¿eh?

—Sí. Dijeron que eras todo sonrisas ridículas cada vez que mencionabas mi nombre.

—Bien, entonces. Bueno, retiro la oferta de invitarlos a cenar.

Se rio.

—¿Entonces es verdad?

—Mi respuesta depende de si aceptas una siesta esta tarde.

Se rio.

—Supongo que eso es un sí.

Podía sentir mis mejillas sonrojadas por la vergüenza.

—Ya te dije que eras diferente. Pero me opongo al término *sonrisas ridículas*.

Seguía sonriendo cuando aparcó el coche cerca de su apartamento. Cogí mi bolsa de la ropa sucia del asiento trasero y lo seguí dentro.

—No lo sé, Spencer —dijo dejando las llaves y la cartera en el recibidor. Su voz era más tranquila, más seria—. Resulta que me gustó oír que pensabas que yo era especial desde el primer día. Cuando me lo dijeron, Lola se rio y dijo que mi sonrisa coincidía con la tuya, que era ridícula. Así que probablemente estemos en paz.

Me quedé allí, sosteniendo mi bolsa de ropa sucia, sin saber qué hacer con ella.

Me sentí repentinamente nervioso. Aquí estábamos, solos en su casa. Es decir, habíamos estado solos toda la mañana, pero esto era diferente. Era como si estuviéramos a un suspiro de ir a follar como conejos, o como si estuviera a punto de decirme que había cambiado de opinión.

—De acuerdo, eso es bueno entonces. Podemos hacer el ridículo juntos.

Me estudió durante un largo rato antes de acercarse lentamente hasta situarse frente a mí. Puso su mano sobre mi bolsa de la ropa sucia, a la que me aferraba con fuerza. Sus dedos tocaron los míos, y un calor se disparó por mi brazo haciendo que las mariposas de mi estómago volaran, y él me miró fijamente a los ojos. Me lamí los labios, queriendo besarlo, y se inclinó un poco, pero no llegó a tocarme.

—Yo me encargo de esto —dijo con brusquedad y me quitó la bolsa de la mano.

Retrocedió un paso y mi aliento se fue de golpe.

—Joder —murmuré, sin querer realmente decir la palabra en voz alta—. ¿Estás tratando de matarme?

Sonrió.

—Sólo comprobaba que no era una casualidad lo de antes.

—¿Una casualidad? ¿Qué casualidad? ¿Qué te encuentro locamente caliente o que haces que mi estúpido cerebro funcione mal?

Se rio en voz baja.

—Tal vez las dos cosas.

—Bueno, podrías haberme preguntado —dije ajustando mi ahora dolorida, gracias a él, polla.

Observó mi mano en la entrepierna, y sus fosas nasales se encendieron, una ráfaga de color rosa se deslizó por su cuello. Su voz se quebró cuando dijo:

—Será mejor que empecemos a lavar la ropa.

Se dio la vuelta y caminó por el pasillo, pasando por el baño, hacia lo que supuse que era la lavandería, así que le seguí. Volcó la bolsa y su contenido cayó sobre el suelo de baldosas.

—Espera, yo puedo hacerlo —le dije—. No espero que tú ni nadie me haga la colada. —Cogí una camisa y la aparté a un lado y separé las sábanas al otro. Y mientras ordenaba la ropa de colores oscuros y claros, pude sentir que me observaba. Levanté la vista y sonreí—. ¿Qué?

—Ordenas la ropa —dijo en voz baja.

—Por supuesto que sí. Por el color y luego por la tela.

Una lenta sonrisa se dibujó en su rostro y se mordió el labio.

—¿Tienes alguna manía con la ropa que no conozca? —pregunté.

Se rio.

—Eh, no. Es que yo también ordeno siempre así, por colores y luego por tipos de tela. Eli nunca lo hacía, y solía volverme loco. —Se encogió de hombros—. Me gusta que lo hagas.

—Um, si te gusta, entonces estoy bastante seguro de que cae en la categoría de fetiche.

Se rio, fue un sonido bajo y cálido, antes de recoger las sábanas del suelo y meterlas en la lavadora. Añadió detergente en polvo y la puso en marcha, lo que nos dejó de pie, muy juntos, sin nada entre nosotros, y de repente el aire en la pequeña habitación era eléctrico. Pude ver la subida y bajada de su pecho, el calor en sus ojos.

Joder.

Había una química entre nosotros que nunca había sentido con nadie más. Y antes de que mi cerebro pudiera ponerse al día, deslicé mi mano a lo largo de su mandíbula y atraje su boca hacia la mía. Él juntó nuestras caderas, deslizó sus brazos a mi alrededor, y se sintió muy bien.

Se sentía tan correcto.

Andrew inclinó la cabeza y profundizó el beso, y yo lo presioné contra la lavadora, moliéndonos.

Estaba empalmado, al igual que yo, y nuestras pollas se rozaban a través de la tela de nuestros pantalones. Me pasó las manos por el culo y nos presionó aún más, y yo gemí sin vergüenza.

Y justo cuando me preguntaba si debíamos pasar al dormitorio, ya que no quería que nuestro primer polvo fuera en el suelo de la lavandería, sonó su teléfono, sobresaltándonos. Sonrió en nuestro beso y se separó, dejándonos a los dos sin aliento. Tenía los ojos oscuros, los labios hinchados y las mejillas sonrosadas.

Decidí en ese momento que ese era mi aspecto favorito de él.

Sacó su teléfono del bolsillo, me mostró quién llamaba y contestó.

—¿Sarah?

Como no quería perder el momento, me incliné y le besé el cuello. Olía tan bien y sabía aún mejor. Me presioné contra él, vibrando cuando nuestros cuerpos se alinearon tan perfectamente.

—¿De verdad? —preguntó él, nervioso—. ¿Ahora? ¿No puede esperar? —Escuché el zumbido de su voz pero no las palabras exactamente, y con un gemido frustrado, desconectó la llamada—. Mi hermana viene de camino

—¿Cuánto tiempo tenemos? —susurré besando hasta su oreja.

—Acaba de pasar por delante de mi coche, así que sabe que estoy en casa —respondió sin aliento, claramente le gustaba que le besaran allí.

Espera. ¿Qué? Me retiré.

—¿Ella está aquí? ¿Ahora?

Resopló una carcajada y asintió.

—Con el peor sentido de la oportunidad. —Di un paso

atrás y me toqué la polla dura como una roca—. Oh, hombre. Hablando de incomodidad.

Andrew hizo lo mismo con su propia erección y siseó.

—Dímelo a mí. —Llamaron a la puerta y Andrew dejó caer la cabeza hacia atrás con un gemido.

—Piensa en cosas horribles, piensa en cosas horribles —murmuró para sí mismo, tratando de alejar su erección mientras salía a abrir la puerta principal.

—Sí, como ser interrumpido en lo que fue posiblemente el beso más caliente que he tenido —añadí.

Andrew se rio al abrir la puerta y Sarah entró a toda prisa. No me vio, aún no había quitado los ojos de su hermano.

—¿Dime qué ha pasado? —le preguntó—. Iba a llamar, pero no estaba muy lejos y pensé en obtener todos los detalles en persona. Así que cuéntame, ¿qué pasó anoche?

—Bueno —dijo Andrew lentamente, mientras cerraba la puerta tras ella. Luego señaló con la cabeza el lugar en el que yo estaba de pie junto a la puerta del vestíbulo.

Sarah siguió su línea de visión.

—Hola —le dije, saludándola ligeramente con la mano.

Su sonrisa fue inmediata, al igual que su alivio.

—¡Oh, gracias a Dios! —Se volvió hacia Andrew y lo abrazó—. Me alegro mucho. ¡Lo sabía! ¡Simplemente lo sabía! Cuando vi cómo estabais juntos en la cena de la otra noche, lo supe. —Sarah soltó a Andrew y se volvió hacia mí —. Oh, espera, ¿que estés aquí significa lo que yo creo que significa? —preguntó. Se volvió a mirar a Andrew—. Quiero decir, ¿qué pasa con Eli?

—Eli es historia —respondió Andrew—. Y sí, esto significa lo que tú crees que significa, pero bueno, nosotros creemos que sí. —Me miró y se encogió—. Todavía estamos resolviendo los detalles.

—Estamos acercando posturas —acepté—. ¿Aunque creo que se usó el término "*salir oficialmente*"?

Andrew me sonrió.

—Sí, creo que sí.

—Aww, novios —dijo Sarah—. ¡Qué bonito! —Luego se enderezó y miró fijamente a su hermano—. Cuéntamelo todo.

—Voy a ir al baño —dije excusándome para salir. En realidad, sólo era una treta obvia para que tuvieran unos minutos sin mí. Claro, también me dio algo de tiempo para asegurarme de que no se me ponía dura mientras hablaba con su hermana. Tenerla interrumpiendo era algo que me quitaba el ánimo, y después de echarme un poco de agua fría en la cara y de que mi polla se hubiera relajado lo suficiente como para poder orinar, volví a salir.

Su conversación era susurrada y provenía de la cocina, así que seguí el sonido. Podía oler el café que se estaba preparando y encontré tres tazas vacías en la encimera junto a Andrew y Sarah en una profunda conversación.

—Dormí en su sofá —dijo Andrew. La conversación se detuvo en seco cuando entré.

Pensé que debía contribuir a la historia.

—Sí, me quedé absolutamente destrozado porque pensé que lo había perdido por ese ex novio capullo —dije. No tenía sentido avergonzarse por ello—. Andrew me localizó, me encontró en estado de embriaguez, sollozando como un bebé, y me llevó a la cama. Hablamos esta mañana y ahora estamos aquí.

Andrew me sonrió antes de mirar a su hermana.

—Sí, así fue más o menos. Sus amigos vinieron a buscarme esta mañana y se pasaron una hora intentando convencerme de que le diera una oportunidad.

—¿En serio? —preguntó ella—. ¿Ellos hicieron eso?

Andrew asintió y se medio encogió de hombros.

—Ya iba a hacerlo. Darle una oportunidad, tenía que ser así —dijo—. Quiero decir, ¿por qué le habría seguido a casa si no estuviera interesado?

Miré a Sarah.

—Y si sirve de algo, nunca le he comprado a alguien más un tocadiscos.

Sarah se rio justo cuando la máquina de café emitió un pitido. Andrew sirvió dos tazas de café y se detuvo en la tercera.

—Mierda. Tú no bebes café y yo no tengo té.

—El café está bien —le dije—. En realidad, probablemente necesito un café. Esta resaca está empezando a hacerse notar.

Andrew frunció el ceño.

—Si quieres ir a acostarte, sólo dilo.

—Más tarde —dije tomando la taza. La verdad era que no me gustaba el café, pero supuse que cualquier tipo de cafeína me ayudaría a despejar el barro de mi cabeza. Y lo que era más importante, si iba a acostarme en su cama, desde luego no quería hacerlo solo.

Sarah dio un sorbo a su café.

—Entonces, ¿realmente Eli iba a llevarse tus diseños?

Andrew suspiró.

—No lo sé. Creo que originalmente lo iba a hacer, sí. Si fue su única intención desde el principio, no lo sé. En realidad, preferiría no saberlo. Sólo quiero seguir adelante, ¿sabes?

Sarah asintió lentamente, pero había calidez en su sonrisa.

—Bueno, me alegro de que haya funcionado. Y Andrew, mi querido hermano, me debes mucho.

—¿Por qué?

—Yo fui la que organizó esto, ¿recuerdas? —señaló entre

Andrew y yo—. Al principio no querías ni siquiera conocer a Spencer.

Andrew me miró, sonrió y se encogió de hombros.

—Es cierto.

Me hice el ofendido.

Sarah resopló.

—Oh, Spencer deberías haberlo visto. Cuando salimos del café después de conocerte la primera vez, estaba todo asustado. "Es demasiado sexi para mí. Eli sabrá que es un montaje porque es imposible que un tipo así me elija a mí, bla, bla, bla".

Me reí de su impresión de él, y Andrew puso los ojos en blanco.

—No estoy avergonzado —dijo con su rubor como prueba de lo contrario.

—Sí, tengo que preguntarme por qué demonios no se ve a sí mismo como yo —dije. Esperé a que los ojos de Andrew se encontraran con los míos—. Porque si creo recordar, él estuvo en la portada de *Nerds Sexis*, mientras que todo lo que yo logré fue la página doce de *Vida Moderna LA*.

Andrew se rio.

—No era la página doce. Era la página cuatro.

—¡Tú estás en la portada!

—Modifiqué la tuya hasta la portada —dijo sonriendo ahora—. Y hasta la dibujé. ¿Dónde está el diseño de mi portada?

—Créeme, no quieres que te dibuje nada. Ni siquiera puedo hacer bien las figuras de garabatos.

Sarah se reía con nosotros pero estaba obviamente confundida.

—¿De qué estáis hablando?

—No importa —dijo Andrew, tomando un sorbo de su café con los labios sonrientes.

—Bueno, entonces —dijo Sarah terminando su café—.

Me voy a ir. Spencer, no tienes ni idea de lo feliz que estoy de verte hoy aquí. Pensaba que iba a aparecer y el zalamero Eli estaría aquí. —Se inclinó y me besó la mejilla, lo que fue una sorpresa, pero encantador de todos modos—. Andrew, ¿me acompañas a la salida?

Incluso yo sabía que eso era un código secreto para "¿Puedo verte en privado?"

No me importaba. Si ella necesitaba hablar con él sin que yo estuviera presente, no tenía ningún reparo. Sólo significaba que, dado lo honesta que había sido con todo lo demás, no me habría gustado lo que tenía que decir. Tomé un sorbo más de café y volqué el resto en el fregadero. Había bebido media taza, y eso me serviría para cubrir mi necesidad de café durante un tiempo. No sabía si mi cabeza estaba mejor o peor por haberlo tomado. Prefería el té verde.

Lavé las tazas de café y las estaba secando cuando Andrew volvió a entrar.

—¿Todo bien? —le pregunté.

—Ah, claro —dijo—. Sólo quería sermonearme.

—¿Sobre qué?

—Sobre no fastidiar esto.

—¿Qué diablos podrías hacer para estropear esto?

Se encogió de hombros.

—Ella dice que me precipito en las cosas. Lo que hago, supongo. Como hice con Eli. Ella sólo quiere que dé un paso atrás y no, ya sabes, que me vaya a vivir contigo después de dos meses de salir y que me comprometa después de seis meses. Ese tipo de cosas.

Buena mierda.

—¿Crees que nos estamos precipitando?

Volvió a encogerse de hombros.

—No, pero tampoco pensé que lo hiciera con Eli. Pero en retrospectiva lo hice, así que tal vez ella tiene un punto. Técnicamente sólo hemos estado juntos durante unas horas.

Me reí de eso.

—Bueno, cuando lo expones así.

Una de las comisuras de su boca bajó.

—A pesar de que hemos fingido salir durante dos semanas.

—Totalmente cierto —le dije—. Esas dos semanas fueron increíbles. Y aunque no nos conocimos de forma muy convencional, no me arrepiento. Es decir, lamento que te hiriera Eli, pero sin que él fuera un capullo, no nos habríamos conocido.

—¿Un capullo?

Le sonreí.

—Ya sabes, un capullo idiota.

Se acercó a mí y me tiró ligeramente de la barba. Sonrió, pero sus ojos eran serios.

—No quiero arruinar esto.

—Yo tampoco —admití—. Y a decir verdad, Andrew, si uno de nosotros va a joder algo, lo más probable es que sea yo. Tengo problemas de relación, ¿recuerdas?

Me besó suavemente.

—Tal vez sea una razón más para que nos tomemos las cosas con más calma. Si Sarah no hubiera aparecido, estoy seguro de que estaríamos en la cama ahora mismo.

Suspiré y lo atraje contra mí.

—De acuerdo. En realidad, estaríamos como conejos en el suelo de la lavandería.

Se rio y se apartó un poco, pero mantuvo sus manos en mi cintura.

—Sin embargo, creo que debemos ser claros. Al decir que nos tomemos las cosas con calma, ¿significa que esperamos a tener, ya sabes, sexo con penetración? Porque aunque eso me parece bien, no me opondría a otras cosas.

—¿Otras cosas como qué?

Sus mejillas se volvieron rosadas.

—Como lo que hicimos antes.

—¿Mamadas y pajas? Porque eso es técnicamente tener sexo.

El rubor le bajó por el cuello.

—Ya sabes lo que quiero decir.

—Oh, te refieres al sexo anal, al sexo a tope, a follar como conejos.

Se retorció ante mi burla y, a pesar de su furioso sonrojo, asintió.

—Lo siento. No debería bromear. —Me llevé las manos a la cara—. Esta es la última vez que voy a mencionar su nombre. Pero sólo porque Eli no quería tener sexo contigo y sólo porque estoy de acuerdo en tomar las cosas con calma, no significa que no seas deseable. Porque en serio, Andrew, eres increíblemente sexi. —Se sonrojó de color escarlata—. Y, como tú, quiero que esto sea más que algo físico. Pero no tengo ni idea de cómo medir lo que es lento o no, así que me guiaré por ti. Si quieres esperar un día, una semana, un mes, un año, para follar como conejos en el suelo de tu lavandería. Esperaré.

—*¿Un año?*

Me reí al ver la expresión de horror en su cara.

—Vale, acordemos que un año es demasiado tiempo de espera.

Volvió a reírse.

—Estaba pensando en una o dos semanas... Para ser sincero, no sé si podré esperar tanto tiempo. Parece que tengo un problema permanente cuando estás cerca. —Presionó sus caderas contra las mías para probar su punto.

Podía sentir su *problema permanente*. Se frotaba contra mi *problema permanente* a través de nuestros pantalones. Me reí. O gemí. Posiblemente ambas cosas.

—Yo también.

Apretó sus labios contra los míos, pero antes de que el

beso fuera demasiado serio, la lavadora emitió un pitido. Se apartó con un gemido frustrado.

—Salvados por la campana —murmuré tratando de reírme de ello.

Negó con la cabeza de forma rotunda.

—No. Sólo voy a meter tus sábanas en la secadora y a poner la siguiente carga, luego nos vamos a la cama para hacernos una paja o una mamada y luego puedes dormir la siesta.

Y el mandón Andrew había vuelto. Tenía que admitir que me gustaba el mandón Andrew. Salió de la cocina con una mirada decidida, y yo le seguí. Sólo que él se fue por el pasillo hacia la lavandería y yo me dirigí a las escaleras. Supuse que no tendría que preguntarse a dónde había ido si dejaba un rastro de mi ropa. Mi camiseta cayó en la escalera inferior, me quité los zapatos en la superior, mis pantalones cerca de la puerta de su habitación y mi ropa interior cerca de la cama.

Cuando siguió mi rastro de migas de pan y vio mi ropa interior en el suelo, supo que estaba desnudo bajo las sábanas.

—¿Qué lado prefieres? —le pregunté.

Tenía las pupilas dilatadas, los labios entreabiertos y la respiración agitada. Y había un bulto muy prominente en sus pantalones. Sin mediar palabra, se quitó la camisa, se desabrochó los pantalones y los deslizó por los muslos para dejar al descubierto su gloriosa polla. Levanté las sábanas como una invitación silenciosa y él dudó durante un breve segundo.

—No te preocupes por tus sábanas —le dije—. Te prometo que no derramaré ni una gota.

Se quejó con aspereza y se arrodilló en la cama.

—No es eso —dijo en voz baja—. Sólo me gusta cómo te ves en mi cama.

Me desplacé y rodeé con mis manos la parte posterior de sus muslos y lo llevé a mi boca. Y por tercera vez ese día, nos llevamos mutuamente al clímax.

Después, cuando estábamos envueltos en los brazos del otro en la que posiblemente era la cama más cómoda del mundo, dormí la siesta como un muerto.

CAPÍTULO CUATRO

ME DESPERTÉ SOLO. Tardé un segundo en darme cuenta de que estaba en la habitación de Andrew, pero su lado de la cama estaba vacío. La decepción se deslizó a través de mí como una serpiente, pero entonces lo oí.

Estaba tocando su piano.

Mi ropa estaba en una pila doblada al final de la cama, y sonreí al saber que la había puesto allí para mí. Un gesto tan simple, pero tan considerado. Era ridículo lo feliz que me hacía.

Después de vestirme, utilicé su cuarto de baño, me lavé las manos y luego la cara, me eché un poco de pasta de dientes en el dedo e hice lo posible por limpiarme antes de volver a bajar. No quería perderme su melodía.

Seguía con su piano y sonrió cuando me acerqué para apoyarme en él. Sin perder el ritmo, la canción que estaba tocando cambió a algo más funky y alegre. Era un número de jazz que se sabía de memoria, y no pude evitar sonreír mientras tocaba.

Cuando terminó la canción, apartó las manos de las teclas.

—¿Dormiste bien?

—La mejor siesta de la historia —le dije. Señalé con la cabeza las teclas del piano—. No dejes de tocar.

Me dedicó una sonrisa de oreja a oreja y tocó una canción más clásica que de jazz. Una gran pieza de concierto que seguramente tocó sólo para impresionarme. Y funcionó. Aunque, en serio, podría tocar "Brilla, Brilla, Estrellita" y me impresionaría, pero esto era increíble.

Esta vez, cuando la canción terminó, las notas se transformaron en una pieza aleatoria que era casi cómica. Y por la sonrisa de su cara, me pregunté si era de algún dibujo animado que nunca había visto, o si era una extensión musical de lo feliz que era en ese instante. Porque justo en ese momento, de pie en su salón, supe que no había vuelta atrás.

Al menos no para mí.

Creo que ese día se ganó un trocito de mi corazón. Si antes no lo tenía todo, ahora sí que tenía una parte.

No pude evitarlo. Me acerqué a él, le cogí la cara con las manos y le incliné la cabeza hacia atrás para poder besarlo. Hice que sus dedos no tocaran las teclas y se rio en mi boca.

—Eres algo especial, ¿lo sabías?

Gimió su respuesta.

—Mmm, menta.

—Tomé prestada un poco de tu pasta de dientes. Espero que no te importe. —Antes de que pudiera preguntarse si era asqueroso y si había usado su cepillo de dientes, levanté el dedo—. Sólo usé mi dedo. No es genial, pero es mejor que nada.

—Puedo conseguirte un cepillo de dientes —dijo—. Estoy seguro de que tengo un paquete de repuesto en algún cajón del baño.

Levanté la mano para detenerlo.

—Lento, ¿recuerdas? Creo que intercambiar cepillos de dientes podría ser un poco prematuro.

Frunció el ceño y asintió.

—De acuerdo, claro.

Fue entonces cuando me di cuenta de la luz exterior, o de la falta de ella.

—¿Qué hora es? —pregunté sacando mi teléfono. Eran más de las seis—. Cielos, será mejor que me vaya a casa.

Andrew se levantó lentamente del taburete del piano.

—Yo te llevaré.

—Estoy seguro de que puedo ir en autobús.

—No hay problema. De todos modos, tengo que comprar algunas cosas en la tienda. Soy un buen chico y llevo un almuerzo todos los días; no sé cocinar, pero puedo hacer un sándwich. Normalmente voy por la mañana, pero el fin de semana se me ha ido de las manos.

Le sonreí.

—¿De mala manera?

—Todo lo contrario de malo. —Puso su mano en mi brazo mientras pasaba—. Voy a coger tu ropa limpia. — Volvió a salir con todo lavado y secado y bien doblado.

—¿Qué? ¿No la planchaste?

Balbuceó.

—No soy tu criado.

Me reí y le di un beso en la mejilla.

—Sólo estoy bromeando. Estoy muy agradecido de que me hayas ofrecido hacer esto aquí.

Suspiró profundamente.

—De nada.

—Oh, antes de que lo olvide, ¿dónde está tu teléfono?

Lo sacó con cautela de su bolsillo.

—Toma, ¿por qué?

—Tenemos que añadir otra foto a tu Facebook.

—Oh. —Sus mejillas se tiñeron de ese delicioso color rosa—. Vale.

—¿Te parece bien?

—Claro.

Cogí su teléfono, pulsé el icono de la cámara, lo rodeé con el brazo y le acaricié la mejilla con mi nariz, y posamos para una selfie. Después de tomarnos unas cuantas, seleccionó la mejor -y con eso me refiero en la que le pareció que se veía mejor él- y la subió a su línea de tiempo.

—Um, ¿debería...? —Se detuvo—. Oh, no te preocupes.

Odiaba que la gente dijera eso. Por supuesto que me hacía preocupar.

—¿Deberías qué?

—Oh, me preguntaba... —Negó con la cabeza—. Ya sabes que la gente cambia su estado de relación... Es una tontería, no te preocupes.

—No es una tontería.

—Estoy emocionado por esto —dijo mirando su teléfono en lugar de a mí, aunque pude ver que un rubor se deslizaba por su cuello—. Pero se supone que tengo que tomármelo con calma, y quizás contarle al mundo lo nuestro es ser demasiado atrevido. Sarah tenía razón. Me precipito en las cosas. He saltado sin mirar en cada relación que he tenido. Publicar fotos es una cosa; anunciarlo es un poco diferente.

—Andrew —dije en voz baja. Esperé a que me mirara antes de continuar—. Si quieres publicarlo, hazlo. Dile al mundo que has conseguido el novio más sexi de la historia. Aunque eso lo sabrán por la foto.

Se rio y volvió a mirar su teléfono.

—No lo haré. Todavía no. No quiero gafar nada. Aunque mañana tendré que decírselo a la gente del trabajo. Bueno, Michelle lo sabrá enseguida. Ella es como lo que Lola es para ti. Lo verá en mi cara antes de que pueda decir una palabra, y habrá comentado esta foto en una hora. Va a querer saber todos los detalles.

Gemí, y sus ojos se dirigieron a los míos.

—Me lo acabas de recordar. Sin duda, Lola sigue en la tienda, esperando a que vuelva. Será medianoche antes de que deje de interrogarme.

—¿Qué le vas a decir? —preguntó. Había una vulnerabilidad en sus ojos que no me gustaba ver.

—Que nos lo tomamos con calma, pero utilizamos el término *salir oficialmente*.

Andrew sonrió ante eso.

—Me parece bien.

—Entonces, ¿cuáles son nuestros planes para esta semana? —pregunté—. Quiero decir, ¿hacemos planes? ¿Es eso lo que hacen los novios? —Sonaba raro que yo dijera eso—. ¿Es eso lo que significa salir oficialmente? No tengo ni idea.

—Estoy bastante seguro de que los novios hacen planes —dijo con un lento asentimiento, luchando contra una sonrisa—. Y sí, creo que eso es lo que significa salir oficialmente.

—¿Cena el martes? —pregunté—. Yo cocinaré.

—¿Cocinas?

Fingí ofenderme.

—¿Puedo cocinar? Te diré que hago los mejores espa a la bol de la historia. No es glamoroso, pero es bueno.

—¿Espa a la bol?

—Espaguetis a la boloñesa.

—¿Es un término australiano?

—Sí. Acortamos todo. No te preocupes, te acostumbrarás. —Sonrió ante eso.

—Estoy deseando hacerlo.

Lo besé suavemente y dejé mis labios pegados a los suyos durante unos cuantos latidos de mi corazón.

—Gracias por lo de hoy. Y gracias por venir a buscarme anoche. Gracias por decirle a como se llame que se perdiera, y gracias por el desayuno. Gracias por oler increíblemente bien todo el tiempo, y gracias por tocar tu piano para mí.

Andrew se rio, pero me puso la mano en la cara, cerró los ojos y me besó. Dejó su frente pegada a la mía e inspiró profundamente.

—De nada. —Se apartó y dijo—: Será mejor que te lleve a casa o no habrá nada de tomárselo con calma, y no estoy seguro de poder correrme cuatro veces en un día.

Me reí y sonreí durante todo el camino a casa.

Hasta que entré por la puerta de la tienda y Lola me arrastró, literalmente, desde la puerta principal hasta el cubículo de atrás, disparándome preguntas como una ametralladora. ¿A quién quería engañar? También entonces seguía sonriendo.

CAPÍTULO CINCO

—¿QUIERE tomárselo con calma? —preguntó Lola—. No sé si eso lo hace parecer dulce o loco.

—Dice que eso es lo que hace —le expliqué—. Se adelanta a los acontecimientos y se deja llevar, y acaba siendo un desastre. No quiere hacer eso conmigo.

—¿Ves? Eso es lo que lo hace dulce —dice Lola.

—Y eso incluye la suspensión del sexo por un tiempo.

—Y eso es lo que le vuelve loco.

Me reí.

—No es perfecto.

—Mucho.

Me encontré sonriendo.

—Mucho.

—Me alegro mucho de que te arriesgues con él —dijo Lola apretándome la mano—. Te mereces ser feliz.

—Gracias —murmuré avergonzado—. Es algo increíble.

Lola rebotó y chilló.

—¡Oh, mírate! Eres un gatito enamorado.

¿Gatito enamorado? Juro que una parte de mi hombría acababa de morir.

—Prométeme que no volverás a decir esas palabras.

Ella se limitó a sonreír y a canturrear soñadoramente.

—¿Y supongo que le parece bien que te reúnas con un nuevo cliente mañana?

Oh.

—Um, no creo que lo sepa.

Lola me miró fijamente.

—Le parecerá bien, ¿no?

—Debería ser así —dije—. Sabe lo que hago para trabajar. Nada ha cambiado de la noche a la mañana en ese aspecto.

Ella asintió, aparentemente apaciguada, y luego empezó con un nuevo tema.

—Entonces, ¿le vas a preparar la cena el martes por la noche?

Y así siguió nuestra conversación hasta que Gabe se hartó -o quizá se apiadó de mí- y la arrastró a casa. Subí las escaleras, rehíce mi cama y me encontré mirando mi teléfono.

¿Debía enviarle un mensaje de texto? ¿Era eso lo que hacían los novios? ¿Cruzaría los límites de tomárselo con calma?

Así que, ignorando mi teléfono, cené un poco y entonces me puse a pensar... ¿por qué no me había enviado un mensaje?

Puse el teléfono sobre la encimera de la cocina y lo miré fijamente como si hubiera hecho que mi mundo se desestabilizara.

Que es lo que tenía. Bueno, no mi teléfono exactamente, pero ¿desde cuándo me preocupaban estas cosas? ¿Qué había pasado? ¿Un puto día?

Cogí mi teléfono y fui a Mensajes y busqué su nombre.

¿Si te mando un mensaje ahora mismo eso es tomárselo con calma? Porque estoy empezando a pensar demasiado en

este asunto nuestro y no quiero equivocarme, pero sí quiero enviarte un mensaje, puedo hacerlo, ¿no?

Le di a enviar, antes de que pudiera pensarlo demasiado, y volví a dejar el teléfono sobre la encimera. Estaba cogiendo una bebida de la nevera cuando mi teléfono vibró, y casi se me rompe una válvula del corazón al intentar ver si era él quien respondía.

Era él.

Enviarme un mensaje de texto está bien. Más que bien, en realidad. Y sí, esa foto que coloqué en Facebook ha cosechado un montón de comentarios.

Sonreí como un colegial enamorado, luego, por supuesto, miré alrededor de mi piso para ver si alguien veía lo ridículo que estaba siendo, y entonces negué con la cabeza porque vivía solo. Por supuesto, nadie me vio. Llevé mi teléfono y mi botella de agua al sofá y me desplomé sobre él, todavía sonriendo a la pequeña pantalla que tenía en la mano.

Respondí rápidamente:

¿Cosechado? ¿Realmente acabas de usar la palabra cosechado?

Su respuesta fue inmediata.

Cállate.

Me reí a carcajadas.

Entonces, los comentarios que se han cosechado, ¿son favorables?

Esperaba una respuesta rápida, pero en su lugar sonó el teléfono en mi mano.

Era Andrew.

—¿Estás de cachondeo?

Me reí de nuevo.

—Completamente. En Australia lo llamaríamos "tomar el pelo". ¿En serio me has mandado callar?

—Sí, lo hice. —Respiró profundamente—. Me alegro de que me hayas mandado un mensaje.

—No iba a hacerlo —admití—. Luego luché por saber cuál era el criterio para tomarse las cosas con calma y me pregunté si enviarte un mensaje de texto después de haber pasado los dos últimos días juntos era cruzar alguna línea en el manual de etiqueta de los novios, y entonces me di cuenta de lo idiota que estaba siendo y pensé *a la mierda*. De ahí el mensaje.

—Y por lo tanto, tú... ¿cómo lo has llamado? ..."me has tomado el pelo" por haber dicho cosechado.

—Cállate.

Se rio al teléfono y el sonido me hizo sentir un calor intenso en el pecho.

—Lola me sometió al Tribunal de la Santa Inquisición, los españoles estarían orgullosos de ella —le dije.

Volvió a reírse.

—Sí, Sarah me llamó no hace mucho. Y mi madre. Al parecer, el hecho de mostrar al mundo a través de las redes sociales que estaba siendo cariñoso con un nuevo galán (esas fueron sus palabras, no las mías), pero aún no habérselo dicho, me ha hecho ganar una cita para comer en la que sin duda tendrá lugar dicha Inquisición Española.

Ahora fui yo quien se rio.

—Suena divertido.

—Sí, divertido como una herida abierta por el Caballero Negro.

—¿Acabas de citar a los Monty Python?

—¿Acabas de pillar mi referencia a los Monty Python? Resoplé.

—*El Santo Grial* es uno de mis favoritos.

Juraría que podía oírle sonreír.

—Mío también.

Entonces el timbre de su puerta sonó de fondo.

—¿Esperas a alguien? —pregunté.

—Sí. La cena. Te dije que no cocino.

—¿Qué hay en el menú de esta noche?

—Mexicana. Ensalada de frijoles acompañada con un burrito.

Dios, me hizo reír.

—De acuerdo, te dejaré cenar. Disfrútalo. Te enviaré un mensaje mañana por la noche.

—De acuerdo. Adiós.

Después de terminar la llamada, sonreí a mi teléfono como un tonto hasta que me fui a la cama. Aunque me preocupaba un poco no haberle dicho nada sobre mi cita de mañana con un nuevo cliente. No es algo de lo que me haya tenido que preocupar antes, pero ahora que Lola lo mencionaba, no podía evitar preguntarme qué pensaría Andrew. Tomé mi teléfono de la mesita de noche y consideré la posibilidad de enviarle un mensaje rápido, recordándole que mañana empezaba un nuevo trabajo.

Y entonces me acobardé, porque ¿y si él tenía un problema con eso? Y entonces me dije que debía ser un hombre y decírselo. Justo cuando estaba a punto de hacerlo, mi teléfono vibró en mi mano con un mensaje.

Era Andrew.

Solo para que lo sepas, cualquier duda sobre mi capacidad para correrme cuatro veces en un día era infundada.

Gemí ante las imágenes mentales de él masturbándose en la cama. O en la ducha. O corriéndose sobre mi estómago, o en mi boca... Ahora me dolían los huevos de necesidad.

Eso no es justo.

Su respuesta tardó un poco en llegar.

De nada.

No hacía falta decir que era un concurso que no podía dejarle ganar.

LLEGUÉ temprano a mi cita para conocer a mi nuevo cliente. Prefería darles la impresión de que estaba tranquilo, calmado y sereno al respecto, porque la mayoría de las veces estaban estresados y con el corazón roto y necesitaban a alguien que tuviera el control.

Lance era diferente. Recomendado a mis servicios por uno de sus amigos, que fue un antiguo cliente mío, Gerard, un tipo que no me gustaba especialmente. Era un idiota que creía que podía comprar lo que quisiera y a quien quisiera, y supe, antes de que Lance dijera una palabra, que era igual que su amigo.

El lugar de encuentro era una cafetería en Wiltshire, el centro de Los Ángeles.

No era su costoso traje ni sus mocasines de cuero italiano, ni siquiera su pelo engominado o su sonrisa zalamera lo que le delataba como un chiflado. Estaba en sus ojos. Eran oscuros, casi negros, y no es que eso fuera malo - había visto algunos ojos oscuros magníficos y ardientes-, pero estos eran planos. Como los ojos de un tiburón. Había algo en él que hacía saltar mi medidor de imbecilidad, pero dispuesto a darle el beneficio de la duda, me levanté, le di la mano y me presenté.

—Gracias por recibirme —dijo. Agitó la mano y chasqueó los dedos al personal de servicio como si fueran sus sirvientes personales, sin ni siquiera una mirada de reojo o una sonrisa. Sí, el medidor de gilipollas sonó oficialmente.

Pero él era el cliente que pagaba, así que le di un sorbo a mi té verde y sonreí.

—Así que, Gerard me recomendó. —No era una pregunta.

—Sí. Y eres tan guapo como dijo. Creo que servirás. —El camarero llegó a nuestra mesa y Lance le hizo un pedido. Le agradecí al camarero porque Lance claramente pensaba que estaba por debajo de él mostrar algunos malditos modales.

Le dediqué a Lance una sonrisa tensa y fui al grano.

—Entonces, ¿hay alguien que quieres que vuelva a tu vida?

—Sí.

—¿Hombre o mujer?

—Hombre. —Sus ojos se entrecerraron—. ¿Es eso un problema?

Supuse que su amigo Gerard le había dicho que yo era gay. Después de todo, había trabajado con él y con su ex novio. *¿Lance me estaba poniendo a prueba?* Le miré directamente a los ojos.

—Desde luego que no. Las condiciones de pago son la mitad por adelantado y la otra mitad al finalizar el trabajo. No puedo insistir lo suficiente en que el resultado final puede ser o no lo que deseas. No puedo garantizar su respuesta. Lo que sí puedo garantizar es una respuesta y la verdad. No es mi trabajo convencerlo de que vuelva contigo. Es mi trabajo hacer que se ponga celoso, y con suerte, se dará cuenta de que cometió un error y querrá volver contigo. Las condiciones son el pago completo, independientemente del resultado.

El camarero puso el café de Lance en la mesa, y de nuevo Lance ni siquiera reconoció al pobre chico. En serio, una puta sonrisa o un movimiento de cabeza no costaban un céntimo. En cambio, me sonrió a mí.

—Suena razonable. Pero no creo que lo que tengo en mente sea tu modus operandi habitual.

Mantuve una expresión neutra.

—¿Y eso por qué?

—No quiero que pretendamos estar juntos. Quiero que te hagas amigo de él.

—¿Y por qué querría hacer eso?

—No tengo ningún problema en encontrar un culo caliente para manosear en un bar si quisiera ponerlo celoso. —Tomó un respiro de autosuficiencia—. Eso no es lo que necesito. Necesito que te hagas amigo de él y te ganes su confianza.

Vale, esto se estaba volviendo extraño.

—¿Por qué?

—No quiere verme.

Por una buena razón, pensé.

—Entonces creo que nuestra reunión es redundante, Sr. Nader. Si el cliente se niega a verte o incluso a hablar contigo, entonces no puedo ayudar. —Me levanté, dando por terminada oficialmente la reunión.

Puso su mano en mi brazo.

—No es así. Es su familia. Son una gran familia griega y muy estricta. Cuando se enteraron de que me estaba viendo... —Negó con la cabeza y, por primera vez desde que lo conocí, mostró algún tipo de emoción. Volví a sentarme para escucharle. Habló en un susurro—. Cuando vino a decirme que habíamos terminado, tenía moretones. —Se llevó la mano a su propio pómulo—. Le rogué que me dijera quién le había hecho daño, pero no quiso decirlo. Simplemente se fue.

Oh, mierda.

—Si está en algún tipo de problema, deberías haber llamado a la policía. No a mí.

—Sólo lo negaría si lo interrogaran —dijo rápidamente Lance—. Es a su padre a quien teme. Estoy seguro de ello. Por eso necesito que te hagas amigo de él. Háblale.

Lo estudié durante un largo momento, calibrando su sinceridad. Su reacción parecía genuina y honesta, aunque no lo conocía en absoluto.

—¿Entonces qué?

—Quiero verlo, no lo voy a negar. —Tragó con fuerza—. Lo quiero.

—¿Hace cuánto tiempo se fue?

—Hace tres semanas.

—¿Y no has hablado con él desde entonces? —Negó con la cabeza.

—¿Qué edad tiene?

—Veintiuno.

Lance tendría fácilmente treinta años, quizá treinta y dos o tres.

—¿Dónde os conocisteis?

—En el Standard. Sé que es más joven que yo, pero lo que tuvimos fue... especial. Congeniamos desde el primer día. ¿Sabes cómo se siente eso?

Curiosamente, ahora sí.

—¿Cuánto tiempo estuvisteis juntos?

—Un año.

—¿Su nombre?

—Yanni Tomaras.

—¿Dónde trabaja?

—Estaba asistiendo a la Academia de Actores de Los Ángeles. Es una universidad en West Hollywood, pero creo que lo ha dejado o se está tomando un tiempo libre. Solía trabajar en una cafetería cerca del campus, pero no ha hecho ningún turno desde que me dejó.

—¿Has intentado localizarlo?

—Sólo en la universidad y en el trabajo —admitió—. Donde su familia no se enteraría.

—¿Qué te hace pensar que seré capaz de encontrarlo? No soy un detective privado. No suelo encontrar a personas desaparecidas.

—Gerard dijo que eras muy bueno. Y Yanni no ha desaparecido, sólo se ha alejado porque su familia es homófoba. Sólo Dios sabe con qué lo amenazaron. No quiero involucrar a la policía, y Dios, los detectives privados son peores que los policías de verdad. Podrían ponerle en una situación aún peor de la que está ahora si van metiendo las narices en su familia, ¿me entiendes?

Respiré hondo y sopesé mis opciones. Claro, Lance era un idiota, pero si este chico estaba en problemas, entonces tal vez debería ayudar. O, por lo menos, si podía localizarlo y evaluar toda la loca situación por mí mismo, entonces podría decidir qué hacer. Y eso si podía encontrarlo.

Metí la mano en el bolsillo de mi chaqueta, saqué mi pequeña libreta y se la entregué.

—Anota su nombre, su fecha de nacimiento, la universidad a la que va, las clases que tiene, la cafetería en la que trabajaba, los lugares por los que salía, los nombres de sus amigos. Todo lo que se te ocurra. También necesitaré su dirección de correo electrónico y otros datos de contacto.

Garabateó rápidamente y, cuando me lo devolvió, le dije:

—No prometo nada. Ni siquiera sé si podré encontrarlo.

Lance sonrió.

—Tengo toda la fe.

TRANSMITÍ mi encuentro a Lola y Emilio. Emilio estuvo de acuerdo en que algo sonaba mal en todo el asunto, y Lola me advirtió que siguiera mi instinto.

—Lo sé, lo sé —acepté—. Lance Nader es un capullo, pero ¿y si este ex novio necesita ayuda? No está de más investigarlo.

—Así que, si te encontraras con este Chico-Idiota en un bar... —Lola se quedó con una sugerencia.

—Correría a un kilómetro —dije sin dudar—. Hizo que mi piel se erizara antes de sentarse.

Lola puso esa cara que me decía que estaba siendo un idiota.

—Estás diciendo todo lo que esperaba que dijeras si rechazabas el trabajo —dijo.

—Lo sé. —Suspiré con fuerza—. Puede que ni siquiera sea capaz de encontrar al chico.

Me frotó el brazo.

—Confío en tu juicio, Spence. Si algo no te parece bien, dile al Idiota que no es bueno.

Finalmente le regalé una sonrisa.

—Lo haré.

—Hoy tienes buen aspecto —dijo dejando de lado el tema de mi nuevo cliente, al que habían puesto, no tan sutilmente, el apodo de Chico-Idiota. Porque eso es lo que era.

Miré mi camisa y mis pantalones. Ya me había puesto esto antes.

—Um, ¿gracias?

Ella se rio.

—No es tu ropa. Eres tú. Mírate todo feliz y todo ese asunto.

—Oh. —Sabía a qué se refería. Estaba a punto de decirme que tenía algún resplandor interior por el amor o el sexo o algo igualmente embarazoso—. Me gusta tu vestido. ¿Es nuevo?

No se dejó engañar.

—Buen intento.

—Lo digo en serio. ¿Es amarillo sol?

Entornó los ojos hacia mí, pero volvió a desempaquetar una caja de joyas nuevas para Daniela.

—¿Son nuevos diseños de Príncipe Alberto?

—Sí. ¿Quieres uno?

Mi polla se encogió dentro de mi cuerpo al pensarlo.

—Ah, no gracias.

Se rio.

—A Andrew podría gustarle.

La ignoré.

—El amarillo de tu vestido le sienta muy bien a tu pelo rosa —añadí—. El mismo tono. Y el fino cinturón negro y los tacones negros a juego son una gran combinación.

Lola se rio y negó con la cabeza.

—No estás desviando nada conmigo, Spencer Cohen. No creas que no sé lo que intentas hacer.

—No estoy tratando de hacer nada —mentí.

Me tiró de la barba.

—Me alegro por ti y por Andrew. Aunque no quieras hablar de ello.

Me reí con incredulidad.

—He hablado de ello. Te he contado todo lo que he podido, sobre Andrew y yo, sin divulgar nuestro lubricante favorito.

Alguien se rio fuera del cubículo.

—En ese sentido —dije caminando hacia la cortina del cubículo. Hablé a quienquiera que estuviera escuchando—. Os veré mañana, buena gente. —Asomé la cabeza para ver a Emilio—. ¿Necesitas algo tío?

Levantó la vista de donde estaba entintando a un cliente.

—No.

—¿Cena más tarde?

—¿No hay una cita caliente esta noche?

Gemí.

—No.

—Eso es mañana por la noche —gritó Lola desde su cubículo.

Respiré hondo, pero de poco sirvió para contener el traicionero rubor que calentaba mis estúpidas mejillas.

Emilio se rio.

—No, esta noche termino temprano. La tienda estará cerrada a las siete.

—De acuerdo. Llámame si necesitas algo. Y dile a Daniela que le doy las gracias por lo de ayer. Y la noche anterior por ayudarme con mi estado de embriaguez, con Maker's Mark, ganadora del Oscar. —Me encogí mientras el recuerdo del bourbon ardía en mi garganta—. Cualquier noche de esta semana que queráis cenar, yo invito.

Emilio me sonrió.

—Cualquier noche, pero no mañana por la noche.

—Pues no, mañana por la noche es... sí lo que sea, pero no mañana por la noche.

Se rio.

—Se lo diré a mi hermosa mujer —dijo—. Amigo mío, ella aceptará tu oferta.

—Bien. Apuntaremos a la cena del viernes por la noche, si algo no cambia mientras tanto —dije con alegría. Me detuve en el cubículo de camino a la puerta trasera—. Y Lola, tú y Gabe incluidos. Yo invito.

—¿Se unirá Andrew a nosotros? —preguntó. Su tono era una mezcla de burla y esperanza.

—No lo sé —dije en voz baja—. Preguntaré.

Su sonrisa fue hermosa.

—¡Está bien!

Contuve un gemido, pero volví a sonreír. Tuve que preguntarme si alguna vez había dejado de hacerlo.

PASÉ la tarde haciendo búsquedas en línea de Yanni Tomaras. No tenía cuentas en las redes sociales, bueno, no con su nombre real. No que yo pudiera encontrar, al menos. Cruzando ubicaciones y fotos, incluso los "me gusta" y todo lo que había sido favorecido, no había ningún otro Yanni que se acercara remotamente a las fotos que Lance me había enviado.

Probé una combinación variada de su nombre, fecha de nacimiento y dirección. Luego añadí su información sobre la universidad y las clases, junto con su lugar de trabajo, y sorprendentemente, logré algunos avances.

Debí perder la noción del tiempo porque lo siguiente que supe fue que mi teléfono sonó. El nombre de Andrew apareció en la pantalla.

—Hola —respondí.

—Hola.

Estaba cien por ciento seguro de que estaba teniendo esa ridícula sonrisa, sólo por el sonido de su voz.

—¿Qué tal te fue el día?

—Bien —respondió—. He sobrevivido a la inquisición de los colegas, aunque por poco.

—¿Fue duro?

Se quejó.

—Doloroso.

Me reí.

—Sí, Lola me abordó hoy de nuevo. Aunque mi táctica de distracción de halagar su atuendo fue contrarrestada, y es cierto lo que dicen, la resistencia es inútil.

Hizo un sonido de felicidad.

—Bueno, voy a comer con mi madre mañana.

—Recuerda —dije seriamente—. En caso de duda, alaba su ropa.

—Acabas de decir que no ha funcionado.

—Bueno, no funcionó con Lola, pero ella conoce todos mis planes astutos.

—¿Acabas de citar a *Blackadder*?

—¿Conoces a *Blackadder*?

—Bueno, obviamente.

Me reí.

—A mi tía Marvie le encantaban todos los programas británicos.

—Mi padre nació en Inglaterra —dijo Andrew—. Vino aquí cuando era muy joven, pero su familia también los ama. Crecimos viendo la BBC.

—No lo sabía —reflexioné—. Que eres medio inglés.

—¿De dónde crees que saco mi impresionante bronceado?

Dios, me hizo reír.

—Bueno, por si sirve de algo, he oído que el pálido es el nuevo bronceado. Está de moda en Los Ángeles en este momento. Vi un artículo en *Vida Descolorida*.

—No eres gracioso —dijo aunque pude escuchar la sonrisa en su voz—. Y yo no soy descolorido.

—Lo sé, debo decir tienes una piel estupenda. Cuando llegues aquí mañana por la noche para la cena, puede que tengas que desnudarte para asegurarme.

—¿Es eso cierto?

—Sí, por supuesto.

Suspiró.

—Estoy seguro de que puedo arreglar algo. Odiaría decepcionarte.

El lugar en el que estaba era tranquilo. No había ruido de fondo.

—¿Ya estás en casa?

—Sí. Llegué a casa hace un rato.

Consulté mi reloj. Mierda, eran las seis y media.

—No me di cuenta de la hora.

—¿Qué has hecho hoy?

—Hoy he conocido a un nuevo cliente.

Silencio.

—Oh.

—Sí —añadí rápidamente a la defensiva—. Es un poco gilipollas, y todo es un poco raro, para ser sincero.

Más silencio.

—¿Andrew?

—Sí, estoy aquí. Yo sólo... ¿por qué no me lo dijiste?

—Te lo he dicho. Ahora mismo. Te lo acabo de decir.

—No, quiero decir, antes. ¿Por qué no me lo dijiste antes?

—Lo había olvidado, para ser sincero. Tuve un fin de semana que me cambió la vida, como recordarás. Y te lo iba a contar anoche, pero entonces me enviaste un mensaje sobre correrte cuatro veces y mi estúpido cerebro hizo un viaje de ida a Villa Porno. No había vuelta atrás de eso... Bueno, sí había vuelta... Tenía que ver si podía correrme cuatro veces en un día (bueno, desde que tenía diecisiete años de todos modos) y no podía dejar que me ganaras. Soy así de competitivo.

Volvió a quedarse en silencio, pero luego se rio.

—¿Qué?

—¿Quieres que te repita todo eso?

—No me devolviste el mensaje para decir que tuviste un cuarto.

—Estaba en un coma orgásmico, gracias a ti. No era capaz de enviar mensajes de texto.

Se rio, pero hablaba en serio cuando preguntó:

—¿Y tu fin de semana te cambió la vida?

—Sí. Parece que me he anotado un novio muy sexi. Y esa es la primera vez para mí. Un novio de cualquier tipo, es decir. —Suspiré y hablé en voz baja—: Así que perdóname si me olvido de contarte cosas... Es que nunca he dejado entrar a nadie. Nunca.

Pude oír cómo respiraba. Después de un tiempo de silencio, su voz era suave cuando preguntó:

—Muy sexi, ¿eh?

—Sí, totalmente. Salió en la portada de *Vida Descolorida* y todo eso.

Ahora volvió a reírse.

—Lo siento. Es que tiendo a ponerme a la defensiva.

—Está bien. Suelo ponerme en plan despistado. Así que estamos en paz.

Dejó escapar un largo suspiro.

—Así que, un nuevo novio falso, ¿eh?

—Si te refieres a un nuevo cliente, entonces sí. Pero no finjo nada con este chico.

—¿Qué quieres decir?

Me di cuenta de cómo debió sonar eso.

—No, no, no. Quiero decir, no tengo que fingir que estoy con él ni nada de eso. No tengo que conocerlo, ni tocarlo, ni siquiera salir con él.

—Ah.

—¿Te molestaría si lo hiciera? —pregunté. Ya sabía la respuesta. Estaba claro que le molestaba—. Normalmente es lo que hago. Así es como te conocí. Así que sabías a qué me dedicaba, Andrew.

—Lo sé —respondió en voz baja—. Y estoy tratando de no tener un problema con eso, pero la idea de que pases tiempo con otro chico, de la manera que lo hicimos...

—Sí, pero no paso tiempo con ellos como lo hicimos nosotros. Normalmente, con cualquier otro cliente, no hago ni la mitad de lo que hacíamos. Te lo dije, tú eras diferente. Desde el primer día, las cosas fueron diferentes contigo.

—Lo sé —dijo de nuevo—. Se me permite sentir un poco de celos. Quiero decir, ¿preferirías que no te dijera cómo me hace sentir algo?

—No, no quiero que te guardes nada.

—Sé que es tu trabajo, Spencer, y no tengo ningún problema con lo que haces. Sólo... ¿tendrás que besarlo?

—No, no lo haré. Es un caso raro. No quiere que finja ser su novio. Pero no puedo prometer que otro caso más adelante no requiera que tome la mano de algún chico, o que baile con él en un bar o algo así.

De nuevo con el silencio, pero esto había que decirlo. No debería cambiar lo que hacía para vivir sólo porque tenía un novio. ¿Debería?

—¿Puedo preguntarte algo? —Su voz era algo tranquila.

—Claro.

—Si tuviera que, como parte de mi trabajo, salir este fin de semana a un bar y besar a un chico para asegurar un acuerdo con una productora, ¿te molestaría?

Me lo imaginé todo sonriente con otro chico y besándolo, fingiendo o no, y se me retorció el estómago. ¿Me molestaría?

Sí. Sí, sí, sí. Claro que sí.

—No.

Se rio.

—No puedes mentir.

—De acuerdo, me molestaría mucho. La idea de que otro chico te bese me molesta. —Gemí y me clavé la palma de la mano izquierda en el ojo—. Tengo una vívida imaginación, y estarías usando tu suéter de rombos azules y rojos y tendrías esas pequeñas líneas en los ojos cuando te ríes, y entonces lo mirarías, entonces él pondría sus manos sobre ti y se inclinaría... Y sí, me molesta.

—Eso fue bastante detallado.

—Como he dicho, tengo una imaginación muy saludable.

Se rio.

—Así que no tengo ningún problema porque es tu trabajo. Ya lo sé. Lo sabía antes de aceptar dar una oportunidad a esta relación. Pero sí, me molesta que otro chico te toque. Incluso si no significa nada. Spencer nunca te pediría que dejaras de hacer lo que haces. Por favor, dime que lo entiendes.

—Claro que lo entiendo. —Nunca se me pasó por la cabeza dejar de hacer lo que hago. Desde el punto de vista económico, ni siquiera tenía que hacerlo, pero me gustaba el aspecto de la gente. Me encantaba la naturaleza personal de todo el montaje, y me encantaba ayudar a la gente a encarrilar sus vidas.

—Pero sólo significa que si alguna vez tienes que llevar a algún chico a una cita falsa, será mejor que me lo compenses.

Finalmente, sonreí.

—Eso sí puedo hacerlo.

—¿Debo ser más específico?

—Por favor, hazlo.

—Bueno, no me opongo a las cenas elegantes.

—¿De verdad? ¿Comida? ¿Puedes obligarme a hacer cualquier cosa, y es llevarte a cenar?

—¿Qué hay de malo en eso?

—Esperaba algo más sucio, para ser sincero. Como masajes desnudos, de cuerpo entero, o el más alucinante beso negro que jamás hayas tenido.

—¡Spencer!

Me reí.

—¿Qué? Créeme, si vas a poner exigencias para que te compense, ese es el tipo de cosas que tienes que pedir.

Se burló.

—¿Besos negros? Jesús, no puedes...

—¿No puedo qué?

—No puedes decir cosas así.

—Te estás sonrojando ahora mismo, ¿verdad?

—No responderé.

—Así es —dije riendo—. Lo que me dice una de dos cosas. Una, que te gustan mucho los besos negros, o dos, que nunca has tenido uno. Siempre has querido saber qué se siente, pero has tenido demasiado miedo de preguntar.

—Veto.

Me eché a reír.

—¡No hay llamada al veto! Esa regla ha sido retirada de la mesa. No es que importe, porque tu veto me dice que definitivamente es la segunda opción. Nunca has experimentado la boca de otro hombre en tu culo.

Pude oírle gemir.

—Y tú quieres hacerlo. ¿Y Andrew?

Se aclaró la garganta.

—¿Sí?

—Estoy encantado de complacerte.

Dejó escapar una risa nerviosa.

—¿Cómo ha acabado esta conversación en la cuneta tan rápidamente?

—Somos dos hombres que intentan abstenerse de follar el uno con el otro. Va a ser el tema de conversación hasta que ocurra —le dije—. Probablemente peor después de que suceda.

Gimió en el teléfono.

—Me estás matando aquí.

—Si me dices que necesitas terminar la llamada para poder pajearte, me sentiré muy decepcionado.

Se rio pero fue un sonido doloroso.

—¿Y si digo que es porque la cena acaba de llegar?

—Diría que es una mierda. Y seguiría decepcionado porque no me dejes escuchar.

Su respiración era fuerte en mi oído.

—Um, ¿crees que mañana por la noche cuando vaya a cenar podríamos poner fin a nuestro sufrimiento?

—No. Es demasiado pronto. —Y esto era demasiado divertido—. Pero para que lo sepas, voy a lamerte el culo.

Su respiración se entrecortó y entonces lo oí. Una cremallera.

—¿Acabas de bajarte la cremallera? —pregunté en voz baja—. ¿Ya tienes la mano en tu preciosa polla?

—Um...

Sonreí. Lo hizo totalmente.

—Bien. Cierra tu puño como si quisieras cogerme el culo.

—Oh, Spencer —susurró. Podía oír el débil ruido de su mano bombeando su polla. La imagen mental de eso envió una oleada de presemen a la punta de mi polla. Deslicé la mano por debajo de la cintura del pantalón, y sí, la punta de mi polla estaba mojada. Me di un par de caricias rápidas, imaginando que él hacía lo mismo.

—Y mañana por la noche, voy a follarte el culo con mi lengua.

Dejó escapar un grito estrangulado mientras se corría. Evidentemente, intentaba no hacer ruido, pero parecía no poder contenerlo.

—Oh, Dios.

—Mmmm —gemí sabiendo que mis palabras lo habían deshecho—. Eres tan jodidamente sexi.

Su respiración era entrecortada y se reía.

—No puedo creer que haya hecho eso. —Entonces, antes de que pudiera sentirse más avergonzado, sonó el timbre de su puerta—. ¡Mierda! Es la cena. Ni siquiera estoy bromeando. Tengo que dejarte.

Todavía me estaba riendo cuando la llamada terminó abruptamente en mi oído. Pero también estaba todavía empalmado. Consideré la posibilidad de meterme en la ducha, pero pensé que a la mierda. Me desabroché los pantalones, me los bajé por las caderas y, recordando los sonidos de Andrew corriéndose tan cerca en mi oído, me llevé al clímax.

Unos dos minutos más tarde, seguía sonriendo perezosamente a la pared de mi salón cuando mi teléfono vibró con un mensaje.

El repartidor de comida china piensa que soy raro. Te culpo a ti.

Le contesté:

De nada. Y comida china un lunes por la noche, ¿en serio?

Cállate. Es sopa de wanton y verduras al vapor. Pero esta es la razón por la que hago tanto ejercicio.

Te enseñaré a cocinar.

¿Vas a estar desnudo?

Sí.

Así incluso es mejor.

Sonreí ridículamente a mi teléfono mientras respondía:

Oh, por cierto, acabas de hacer que me corra.

¿Hablar de cocinar desnudo puede hacer que te corras?

No, escuchar tus sonidos de sexo telefónico hizo que me corriera.

Oh.

¿Te has sonrojado?

Veto.

CAPÍTULO SEIS

A LA MAÑANA SIGUIENTE, volví a revisar los correos electrónicos de Lance y anoté todos los detalles en un papel para tener una imagen más clara en mi cabeza. La universidad a la que iba Yanni estaba en Melrose, al igual que la cafetería en la que trabajaba. Así que empecé por ahí. Llamé y, tras unos cuantos tonos, una chica contestó por encima del estruendo y el ruido de una cafetería.

—Hola —empecé alegremente—. Vaya, pareces muy ocupada. No quiero entretenerte, pero me preguntaba si podrías decirme si Yanni vendrá hoy.

—Um —ella se detuvo—. Espera un segundo.

El sonido se amortiguó, como si hubiera puesto la mano sobre la boquilla.

Entonces habló un hombre.

—¿Quién es?

—Me llamo Spencer —le dije—. Tengo clases con Yanni y no lo he visto. Pensé que tal vez todavía estaba trabajando allí.

—Ya no trabaja aquí —respondió.

—Oh. Bueno, ¿sabes dónde podría encontrarlo? —presioné.

—No puedo ayudarte —dijo sin rodeos y desconectó la llamada.

Bien, entonces. El siguiente esfuerzo era la universidad. Que por supuesto era un callejón sin salida. La mujer con la que hablé fue como una pared de ladrillos.

—No daría la información personal de los estudiantes aunque no fuera en contra de la ley —dijo antes de decirme que no volviera a llamar. Sinceramente, no esperaba menos, pero tenía que intentarlo de todos modos.

Cerré el portátil, guardé el teléfono y bajé a ayudar a Emilio en la tienda de tatuajes. La verdad es que me gustaba entrar y hacer las cosas mundanas para las que Emilio no tenía tiempo. Recogí una entrega de material para esterilizar y volví a apilar las cajas en los armarios, hice un rápido inventario de las existencias, hice un pedido de más tinta, contesté al teléfono, acepté reservas, comprobé dos veces los horarios y ayudé a Daniela cuando necesitaba un segundo par de manos. Encajaba allí, era mi sitio. Como llevaba una camiseta que dejaba al descubierto mis brazos tatuados, la gente que entraba no me miraba dos veces. De hecho, llegué a conocer a la mayoría de los clientes habituales de Emilio por su nombre y charlaba con ellos mientras pasaban horas en la silla haciéndose tatuajes o piercings o lo que fuera. A veces sólo venían a saludar.

Y me ayudó a mantener mi mente fuera de mi caso más reciente. Bueno, pensé que lo hacía.

—¿Todo bien, Spencer? —preguntó Emilio—. Si sigues limpiando esa encimera de cristal, la vas a desgastar.

Ni siquiera me había dado cuenta de que seguía frotando. Miré la toalla de papel que tenía en la mano y la encontré desgastada.

—Oh, sí. Sólo es este nuevo cliente —dije.

—Te está molestando demasiado —dijo Emilio—. Tienes que decirle al cliente que no puedes ayudarle.

Asentí.

—Sí, lo sé.

Lola entró por la parte de atrás. Su pelo rosa estaba peinado en rollos de victoria de los años 50, que hacían juego con el vestido negro de estilo rockabilly y sus tacones rosas hacían juego con su pelo. Nunca había visto que no se viera como la chica de un millón de dólares. Ni siquiera me había dado cuenta de que estaba aquí, señal inequívoca de lo distraído que había estado. Le transmití mis hallazgos, o la falta de ellos, sobre el chico llamado Yanni.

—Mañana tengo que ir al centro —dijo Lola—. ¿Puedo dejarte en la universidad si quieres?

—Supongo que no puede hacer daño —dije—. Gracias, estaría bien.

Lola me miró con cautela.

—¿Seguro que no es algo más lo que te molesta?

—¿Cómo qué?

—Andrew.

—¿Qué pasa con él?

Ella sonrió.

—¿Le pareció bien?

—Sí. Al principio estaba preocupado, pero al final estaba bien. Creo que simplemente se olvidó de lo que hago. —Me encogí de hombros—. Lo veo esta noche, así que supongo que hablaremos más de ello.

—Ooh, ¿algún plan?

—Le voy a preparar la cena —dije con orgullo—. Voy a intentar enseñarle a hacer espaguetis a la boloñesa. No es nada del otro mundo, pero teniendo en cuenta que no sabe hacer tostadas, pensé que era mejor empezar por lo más básico. Lo que me recuerda. —Miré mi reloj—. Que será mejor que vaya a la tienda. ¿Alguien necesita algo?

—No —respondió Lola—. Yo no. También me voy pronto, pero te recogeré en la puerta mañana a las ocho.

Le besé la mejilla.

—Eres la luz de mi vida.

Agitó las pestañas y posó como una doncella.

—Gracias, pero he visto la forma en que miras a otro, y creo que he sido relegada a un segundo plano.

Me llevé la mano al corazón y fingí un jadeo.

—¡Nunca! Mi corazón es tuyo y sólo tuyo.

Lola se llevó el dorso de la mano a la frente y siguió el juego.

—Ay, si hubiéramos nacido en otra época.

Me incliné frente a ella.

—Si tu corazón no perteneciera a otro.

Lola hizo una reverencia.

—Si sólo tuviera un pene.

Todo el mundo se reía. Incluso Emilio tuvo que dejar de tatuar; no sólo se reía él, sino que también se reía a quién estaba tatuando. Lola y yo siempre estábamos bromeando entre nosotros de esa manera.

Besé los nudillos de Lola, como un verdadero caballero, antes de dirigirme a la puerta. Dije:

—Último aviso para que pidáis cualquier cosa que necesitéis de la tienda de comestibles.

Nadie quería nada, así que me fui, todavía con una sonrisa en la cara. Intenté no pensar en lo buena que era la vida ahora mismo. No quería gafarla. Pero no recordaba haberme sentido nunca tan feliz. Al menos, no desde hacía muchos años. También intenté no darle demasiada importancia a mi relación con Andrew. Claro que era genial y me hacía feliz, pero toda mi felicidad no dependía de él. No permitiría que lo hiciera. Porque, si por alguna razón él decidía que yo no era el adecuado para él, entonces no permitiría que mi mundo se desmoronara.

No podía dejar que eso ocurriera de nuevo.

Supuse que era parte del mecanismo de defensa que había aprendido a construir alrededor de mi corazón. Y no podía negarlo. Si Andrew decidía que yo no era el indicado para él, me sentiría desolado. Sabía que era sólo el principio, pero él era un hombre extraordinario. Conocía mi historia familiar y seguía interesado en conocerme, en pasar tiempo conmigo. Y eso me hacía increíblemente feliz. Pero podía compartimentar lo suficiente como para saber que el hecho de dejar que alguien traspasara mis muros defensivos era algo enorme para mí.

Me demostró que estaba preparado, por fin, después de todos estos años, para seguir adelante con mi vida.

No era inútil, como me había dicho mi padre. No era un ser no querible, como él había insinuado.

Y así, aunque Andrew y yo no funcionáramos, había hecho un trabajo de base increíble del que mi antiguo psiquiatra se habría sentido orgulloso. Estaba seguro de que me habría dicho exactamente lo que había dicho Lola. Me merecía ser feliz. Y era feliz. Mi vida aquí en Los Ángeles era genial. Tenía los mejores amigos, que eran mi familia, y Andrew era la guinda del pastel.

Mmm, pastel. Me pregunté qué tipo de pastel era su favorito. ¿Le gustaría el pastel? Era algo que nunca se me había ocurrido preguntar... Cuando llegué a la tienda, me dirigí directamente a la sección de pastelería y saqué mi teléfono. Le envié un mensaje rápido.

¿Te gusta el pastel?

Su respuesta tardó un minuto.

¿Es un eufemismo?

Me reí mirando a la pantalla, sin importarme lo que pensara la gente que estaba a mi lado.

JA JA JA. No. Pastel de verdad. ¿Chocolate, caramelo, vainilla?

¿Pastel con fruta?

Entrecerré los ojos ante su respuesta.

¿Qué? A nadie le gusta la fruta en su pastel. Excepto a la gente mayor. En Navidad. Es como un crimen contra la humanidad.

Mi teléfono sonó casi inmediatamente. Por supuesto que era él. No hubo saludo ni nada.

—¿Crimen contra la humanidad?

—Sí. Ningún pastel debería llevar fruta. Es un insulto a la parte del pastel. —Se rio.

—¿Dónde estás?

—En el pasillo de pasteles de la tienda.

—¿En la tienda?

—Tienda de comestibles, supermercado. —En serio, los americanos tienen que aprender australiano. Y ni siquiera tienen pasteles afrutados a la venta cuando no es diciembre.

—Sí, lo tienen.

—No, hubo una petición. Todos los pasteles de verdad, como el de chocolate y de crema de mantequilla, decidieron que el de frutas no era un pastel.

Pude escuchar la sonrisa en su voz.

—¿No?

—No. Se decidió que el pastel de frutas contenía más fruta que pastel, por lo que no era elegible.

—¿De verdad?

—Sí, realmente. Pero entonces tampoco encajaba técnicamente en la sección de frutas. Y la sección de alcohol tampoco lo quería.

—¿Esta conversación va a alguna parte?

—Sí. Va a ir a la sección de pastel de chocolate. —Andrew se rio.

—Entonces, pastel de chocolate.

—¿Si quiera te gusta el pastel?

—En realidad no.

Dejé de caminar.

—Pero dijiste que te gustaba.

—Bueno, pensé que tenía que elegir uno. Como si fuera una pregunta de trivia o, bueno, ni siquiera lo sé.

—Dios mío. ¿Escogerías un pastel de frutas?

Volvió a reírse.

—Si tuviera que elegir el postre, no sería pastel en absoluto. Elegiría helado. Gelato, en realidad.

Me giré hacia la sección de productos lácteos.

—Bueno, el gelato sí puedo aceptarlo. ¿Qué sabor es tu favorito?

—¿Hay una respuesta correcta e incorrecta? —Me reí al teléfono.

—Sí. Pero no lo voy a decir.

—Entonces, yo elegiría el gelato de limón.

Volví a dejar de caminar.

—¿En serio? ¿Qué pasa contigo y la fruta?

Se notaba que seguía sonriendo.

—Si nunca has probado el helado de limón, seguro que te lo pierdes.

—¿Tengo que probarlo?

—Por supuesto.

—Está bien. Pero si es asqueroso, me debes un pastel de chocolate.

Se rio.

—Trato hecho.

—Y uno bueno. Me gusta el pastel de barro con ganache. No uno comprado en el supermercado.

—Ibas a comprarme uno en la tienda.

—Bueno, es cierto. Pero eso era antes. De todos modos, si no cocinas en casa, no es como si fueras a una tienda.

—Voy a la tienda —dijo a la defensiva—. Sólo que no para... comida que requiera ser cocinada.

Me reí.

—Bueno, esta noche cocinas tú.

Se quejó.

—¿De verdad?

—Sí. ¿A qué hora vas a terminar de trabajar?

—Llegaré a tu casa alrededor de las siete. ¿Está bien?

Miré mi reloj. Eran casi las cinco.

—Está bien.

—Esperaba que estuvieras bromeando con lo de la cocina. Pensé...

—¿Pensaste qué?

Se aclaró la garganta.

—Oh, no importa. Tengo que irme. Te veré esta noche.

El teléfono sólo ofrecía silencio en mi oído. Supuse que debía de haber entrado un compañero de trabajo, así que terminé mis compras, gelato de limón incluido, y me fui a casa.

A las siete menos cinco minutos llamaron a mi puerta. Con el disco de jazz funk que había elegido para mí sonando suavemente de fondo, abrí la puerta y me encontré con Andrew de pie, todo jodidamente guapo y sonriente. ¿Qué había pasado? ¿Ni siquiera dos días desde que lo vi? Y, de alguna manera, estaba aún más guapo de lo que recordaba. Quise coger su chaleco de punto y arrastrarlo al interior para poder besarlo, pero en lugar de eso, como tenía modales, me hice a un lado.

—Por favor, entra.

Entró y se metió las manos en los bolsillos como si estuviera nervioso.

—Estás escuchando el disco que te regalé.

—Sí. —Cerré la puerta detrás de él y me acerqué hasta que nuestros labios casi se tocaron. Olía a fresco y delicioso, y respiré su aroma.

—Hola —susurré.

Me besó, y tuve que contenerme para no volver a empujarle contra la puerta y besarlo hasta que no pudiera levantarse. Quería hacerlo. Dios, deseaba hacerlo. Retiré mi boca de la suya, con la respiración entrecortada y los labios hinchados, y no pude ofrecer más que una frase de una sola palabra.

—Cena.

Andrew frunció el ceño, o posiblemente hizo un mohín. Me miró a la boca y se relamió.

—Podríamos pedir en casa. Yo invito.

Me reí y di un paso atrás. Era tan condenadamente embriagador.

—Tentador. Realmente tentador, pero no. Prometí que te enseñaría a cocinar.

Miró hacia la cocina.

—No estabas bromeando, ¿verdad?

Negué con la cabeza.

—No. ¿Por qué pensaste que estaba bromeando?

Se sonrojó desde las mejillas hasta debajo del cuello de la camisa. Fue entonces cuando me di cuenta de que se había duchado antes de venir. Recordé nuestra conversación sobre la cena de esta noche y cómo se convirtió en una conversación sobre besos negros...

—¿Creías que la cena era un eufemismo para otra cosa? —pregunté.

Sus ojos se dirigieron a los míos y su voz chirrió.

—¿Tal vez?

—¿Como si la cena fuera comer otra cosa? Como tu culo.

Se echó a reír.

—¡No lo digas así!

Lo agarré de la mano y le llevé a la cocina, o más exactamente a ponerse delante de una tabla de cortar que tenía todos los ingredientes para la cena de esta noche. La miró como si se tratara de una ecuación de trigonometría china y, tratando de no reírme, me puse detrás de él. Puse mis manos en sus caderas y mis labios en la parte posterior de su oreja.

—Primero cenamos y luego te como yo. ¿Trato?

—No puedes decirme cosas así —dijo con brusquedad. Medio giró la cabeza para que su mejilla tocara mi nariz—. O no haremos la cena.

Que Dios me diera fuerzas. Me estaba matando. Le clavé los dientes juguetonamente en el cuello.

—Más tarde. Te lo prometo. Ahora, coge el cuchillo —lo insté—. Necesitamos que la cebolla esté bien picada.

Dudó en coger la cebolla.

—Um.

—¿Has cortado alguna vez una cebolla?

—¿Por qué querría hacer eso?

Me reí en su hombro.

—Bien, pues sujeta la cebolla sobre la tabla de cortar y corta la parte superior y la inferior —le indiqué. Puse mis manos sobre las suyas, así que mientras él sostenía el cuchillo, yo guiaba su mano, y juntos pelamos y cortamos la cebolla. Sólo se quejó del olor y del ardor de ojos unas veinte veces. Luego troceamos el ajo y los tomates, y puede que le plantara besos en el cuello de vez en cuando o que le metiera la nariz en la nuca.

La comida nunca había sido tan erótica, y tener mi polla presionando contra su culo no ayudaba en nada. Pero le obligué a hacerlo todo; sólo le ayudé y le di instrucciones, sobre todo para tener una excusa para tocarlo. O estar de pie con mi polla contra su culo y mis labios en su cuello.

Para cuando lo echamos todo en una olla, añadimos la carne picada y un bote de salsa y, para consternación de Andrew, el ingrediente especial de mi tía Marvie: unas cuantas cucharadas de piña triturada, lo tapé y lo puse a hervir a fuego lento.

—¿Y ahora qué? —preguntó.

—Necesita cocinarse durante un tiempo.

Se limpió las manos en un paño de cocina y lo dejó sobre la encimera.

—¿Por cuánto tiempo? ¿Y la pasta? Sabes que en realidad disfruté bastante de esto. Cocinar, es decir. Fue divertido.

Me mordí el labio inferior y pude sentir la atracción gravitatoria de cada maldito centímetro entre nosotros. No tenía ni idea de lo jodidamente sexi que era ni de lo mucho que me volvía loco.

—Cuarenta y cinco minutos, quizá una hora, a fuego muy lento. Tiempo de sobra.

—¿Mucho tiempo para qué? La pasta no lleva tanto tiempo, ¿verdad?

Di dos grandes zancadas para ponerme delante de él, tan cerca que hablé contra sus labios.

—¿Ya lo has olvidado?

El reconocimiento brilló en sus ojos, y exhaló apresuradamente.

—Oh. Dijiste que después de la cena...

—Lo hice, pero durante la última media hora, todo lo que he estado haciendo es imaginar cómo sabe tu culo.

Se derritió contra mí, como si mis palabras le hicieran flaquear las rodillas.

—Oh.

—¿Quieres que te lo haga? —pregunté. Mis labios rozaron los suyos.

Asintió.

—Me he duchado —respiró—. Y limpié a conciencia... allí.

Sonreí y rocé mis labios con los suyos.

—Pensé que habías dicho que nunca lo habías hecho antes.

—Busqué en Google —soltó.

Me reí de eso.

—¿En serio?

Asintió.

—Fue muy detallado. —Se encogió—. Y algo asqueroso y explícito. Tuve que comprar unas bombas para lavados anales —dijo. Entonces entrecerró los ojos e hizo un extraño ruido de queja—. Dios mío, no puedo creer que haya dicho eso.

Puse mis manos en su cara y lo besé.

—Eres tan perfecto. —Lo cogí de la mano y le llevé a mi dormitorio. Cuando me giré para mirarlo, su expresión me detuvo.

Parecía nervioso y excitado, sus mejillas estaban sonrosadas, sus labios separados y húmedos, pero sus ojos estaban oscuros de lujuria.

—Jesús, eres tan jodidamente sexi —murmuré antes de rodear su cuello con la mano y atraerlo para besarlo. Me devolvió el beso, duro y urgente, manoseando mi camisa, tratando de desvestirme sin romper el beso. Estaba excitado, no cabía duda.

—Siéntate en la cama —le insté.

Su pecho se agitaba y parecía un poco confuso, pero hizo lo que le dije. Me arrodillé ante él y le desaté los cordones, le quité los zapatos y luego los calcetines. Pasé mis manos por sus piernas, apretando sus muslos y palmeando su erección a través de los pantalones. Le desabroché el botón de la bragueta y levantó las caderas para que pudiera bajarle los pantalones y quitárselos. Los arrojé al suelo y me puse de pie, dándole una mirada cercana y adecuada al bulto de mis pantalones. Incluso me di una caricia lenta, más para su beneficio que para el mío. Cuando levantó la vista hacia mí, tenía el sexo y el deseo escritos en su cara.

—Ponte de pie —le susurré. Lo hizo, así que le quité la

camisa y el chaleco a la vez y eché una larga mirada de admiración a su cuerpo—. Joder, eres muy caliente.

Me desabrochó los vaqueros con brusquedad.

—Quizá deberíamos saltarnos el beso negro y pasar directamente a follar —dijo bruscamente.

Atrapé su cara y lo besé con tanta fuerza, surcando su boca con mi lengua que lo hizo gemir. Gimió, joder.

—En la cama, boca abajo —dije.

Se movió rápidamente, primero se arrodilló en la cama, luego abrió los muslos y se acostó, manteniendo el culo en alto. Joder. Estaba montando un espectáculo para mí. Intencionalmente o no, me estaba volviendo loco. Tenía muchas ganas de follar con él. Quería arrodillarme detrás, enterrarme dentro de él y quedarme allí para siempre. Pero también tenía que ser fiel a sus deseos de preferir esperar. Me complacía complacerle con otros actos, pero el sexo con penetración estaba prohibido por ahora. Hasta que lo discutiéramos sin que la lujuria y la libido fueran el factor decisivo.

Me arrodillé detrás de él y mi polla dura como una roca palpitaba de necesidad. Creo que mi polla pensaba que estaba a punto de echar un polvo. *Hombre, quería...*

En cambio, le planté besos en la parte posterior de los muslos. Se retorció y extendió las manos sobre la cama.

—Spencer —susurró.

Su culo era perfecto. Pálido, tonificado, redondeado y glorioso. Tenía una pelusa rubia ligeramente espolvoreada sobre sus mejillas, y yo lamí un lado y mordí suavemente el otro. Respondió levantando las caderas.

—Oh, Dios —murmuró.

Separé sus mejillas y lamí suavemente la sensible piel alrededor de su agujero, haciéndole contener un gemido.

—¿Puedes...? —comenzó—. Por favor Spencer, sólo fóllame.

Así que me lo follé con la lengua. Su reacción fue inmediata: se retorció, y medio gimió, medio rio, y apretó las sábanas con las manos.

—Oh, Dios mío.

Aparté mi boca.

—¿Te gusta?

Volvió a gemir.

—Sí. No pares.

Sonreí mientras pasaba mi lengua por su agujero. No necesitaba que me dijera que le gustaba; la reacción de su cuerpo me decía todo lo que necesitaba saber.

Volví a introducir mi lengua en él, y gimió mientras sus caderas se levantaban para encontrarse conmigo. Joder, no tenía suficiente. Estaba tan excitado, tan jodidamente caliente. No podía esperar a tener mi polla dentro de él. Era tan receptivo, tan vocal. Sólo podía imaginar los sonidos que haría cuando lo golpeara contra el colchón, o mejor aún, si me lo hiciera a mí.

Se retorcía bajo mis manos, bajo mi lengua, y emitía los sonidos más gloriosos. Metió la mano debajo de la cadera, sin duda para poder agarrar su polla, y la idea de que se masturbara casi me hace perder la cabeza. Me aparté y palmeé suavemente su cadera.

—Date la vuelta para mí —le insté.

Refunfuñó porque me detuviera, pero se dio la vuelta y levantó la pierna para que yo volviera a estar entre sus piernas. Su polla estaba dura y derramando presemen, y no perdió tiempo en agarrarse a sí mismo.

Me bajé los calzoncillos y saqué mi dolorida polla, zumbando de alivio al tocarla. Me incliné sobre él, con mis muslos entre los suyos, y con una mano por encima de su hombro sosteniéndome, tomé nuestras dos pollas con la otra mano.

Andrew jadeó y sus ojos se abrieron de par en par al

sentir mi puño. Me agarró la cara, pero antes de que me besara, retiré la cara y ralenticé la mano que nos frotaba.

—He tenido mi boca en tu culo —dije queriendo recordarle que quizá no le gustara besar eso.

Sus fosas nasales se encendieron y atrajo mi cara hacia la suya, besándome profundamente. Tan jodidamente profundo. Casi me olvidé de seguir bombeando nuestras pollas hasta que levantó las caderas y gimió en mi boca mientras se corría.

Sentirlo crecer e hincharse en mi mano, contra mi propia polla, me llevó al límite, y mi orgasmo se desencadenó a través de mí. Cuando la habitación dejó de dar vueltas y finalmente abrí los ojos, Andrew me miraba fijamente.

—Dios, Spencer...

Me derrumbé sobre él y me reí en su cuello.

—De nada.

Su pecho vibró debajo de mí mientras se reía.

—¿Por qué sigues completamente vestido y yo estoy muy desnudo?

—Quería desvestirme —dije apartándome para poder ver su cara. Apoyé la cabeza en mi mano y suspiré—. Pero te veías demasiado guapo, joder.

Se echó a reír y se sonrojó hasta el cuello.

—Eso fue intenso, eso es seguro.

—No es que necesite preguntar porque ya sé la respuesta, pero, ¿cómo te pareció tu primer beso negro?

Se rio un poco más y se puso la mano sobre los ojos, avergonzado. Le aparté la mano para que me mirara.

—No te avergüences, Andrew. No tienes ni idea de lo mucho que me has excitado.

Su labio cayó por la sorpresa.

—Oh.

En serio, no tenía ni idea de lo jodidamente sexi que era.

—Lo digo en serio. Podría comerte literalmente con una cuchara.

—Bueno, eso probablemente dolería.

Solté una carcajada.

—Será mejor que nos limpiemos.

—¿Qué tal si vas a ver la cena y yo me quedo aquí tumbado? —dijo—. Estoy muy feliz ahora mismo, y ni siquiera sé si mis piernas funcionarán.

Me reí y luego pensé en lo que había dicho.

—Mierda. La cena. —Salí corriendo de encima de él, luego de la cama, y tropecé en el salón mientras me subía los pantalones. Revolví la salsa boloñesa y llené la olla más grande con agua y la puse a hervir. A continuación, fui al baño, me limpié, mojé una toalla con agua tibia y volví a mi habitación. Andrew seguía tumbado, con los brazos y las piernas abiertas y la sábana estirada hasta la cintura. A pesar de lo increíble que se veía aún desnudo en mi cama, la sonrisa en su rostro era lo que más me gustaba—. ¿Tienes alguna intención de salir de esa cama?

Su sonrisa se amplió.

—No.

Le lancé la toalla y le cayó en el estómago.

—¡Ah! —gritó agitándose. Luego se detuvo—. Oh, está caliente.

Me reí y corrí y salté sobre él, arrodillándome sobre él con mis manos a cada lado de su cabeza. Me incliné y lo besé.

—Mm, menta —dijo.

—Enjuague bucal. Ya sabes, teniendo en cuenta lo que comí la última vez.

Le llevó un segundo.

—Oh, Dios mío.

—Realmente te avergüenza, ¿no?

—¡Claro que sí! Estás hablando de comer mi...

—¿Culo? —Me senté de nuevo, montando a horcajadas sobre sus caderas—. Y fue delicioso.

Me tiró la toalla a la cara y luego se cubrió la suya con las manos.

—Jesús, Spencer.

Me reí y le pasé la toalla por el estómago y el pecho.

—No te avergüences. Sólo somos nosotros.

Sus manos se apartaron y me miró. Fue como si mis palabras hubieran activado un interruptor en su cabeza. Me miró durante un largo momento.

—Sólo nosotros, ¿eh?

—Sí. —Me arrastré un poco hacia abajo y aparté la sábana para poder limpiarlo bien. Estaba medio empalmado de nuevo, su polla yacía gruesa y estirada sobre su cadera—. Creo que jamás vi una polla tan hermosa como la tuya.

Volvió a reírse y negó con la cabeza. No se tapó los ojos, así que lo consideré una victoria.

—¿Has visto muchas? —preguntó.

—Unas cuantas. Te lo dije cuando nos conocimos, me encanta el culo, y me encanta la polla.

—Es cierto. Lo has dicho.

—Sin embargo, siempre he mantenido relaciones sexuales seguras y me he sometido a pruebas regularmente.

—Oh. —Parpadeó, mi cambio en la dirección de la conversación le sorprendió claramente—. Um, yo también.

Lo limpié a fondo, saboreando el peso de su polla en mi mano, y tiré la tolla al suelo. Se aclaró la garganta.

—¿Puedo preguntarte algo?

—Por supuesto. —No pude resistirme, así que volví a subir a horcajadas sobre sus caderas. Yo estaba completamente vestido, pero él seguía completamente desnudo—. Pregúntame cualquier cosa.

—Si te dijera que tu ropa me ofende ahora mismo, ¿te la quitarías?

Me incliné y lo besé suavemente.

—Pensé que ibas a hacer una pregunta seria.

Puso sus manos en mis muslos y levantó un poco las caderas.

—Fue seria —dijo. Sus ojos estaban llenos de picardía—. Tengo que admitir que la vista desde aquí es bastante sorprendente.

Moví el culo sobre su polla que se endurecía.

—La vista tampoco está mal desde aquí.

Se mordió el labio.

—¿Cuánto tiempo vamos a esperar? —preguntó.

Jesús. Estaba tan ansioso por ello.

—Estoy esperando tus señales —dije—. No quiero que te arrepientas.

Se rio.

—¿Arrepentirme? Dios, Spencer, es todo lo que puedo pensar.

Froté mi culo contra su polla.

—Puedo sentir eso.

Echó la cabeza hacia atrás y gimió.

—Estoy tratando de ser bueno. Sólo quería que habláramos más y que no acabáramos en la cama todo el tiempo, pero... —Hizo un gesto con la mano hacia la cama—. Eso no ha funcionado.

Me reí.

—¿Qué tal si esperamos hasta el fin de semana por lo menos?

—Pero eso está muy lejos. —Hizo un mohín—. La próxima vez que tenga estas grandes ideas sobre la abstinencia, por favor dime que me despierte a mí mismo.

Le besé con labios sonrientes.

—Difícilmente nos estamos absteniendo, considerando lo que acabamos de hacer. Sólo estamos pisando con cautela.

Puso una cara pensativa y luego ladeó la cabeza.

—¿Qué es ese sonido?

Escuché. Sonaba como si viniera de la cocina.

—Mierda. La cena. —Salté de encima de él y salí corriendo para encontrar la olla de agua hirviendo furiosamente.

Al parecer, lo único que pudo hacer Andrew fue reírse. Dijo:

—¿Ves? ¡Por esto es por lo que ordeno!

—¿Has tenido a un chico en tu cama distrayéndote cada noche de la semana durante la mayor parte de tu vida adulta? —le dije.

Respondió:

—Sólo las más memorables.

—Bueno, para tu información, estoy poniendo los espaguetis en el agua hirviendo. Ya sabes, para que cuando me cocines esto la próxima vez, sepas qué hacer.

Tardó un momento, pero salió de mi habitación con los pantalones puestos y se puso la camisa por encima de la cabeza.

—¿Yo? ¿Cocinar para ti?

—Sí.

Fue al baño, y uno o dos minutos después, cuando volvió a salir, se acercó a donde yo estaba vigilando los fogones y miró la pasta que sobresalía de la olla.

—Ya te he dicho que no cocino. Pero, ¿no debería estar eso en el agua?

Dios, me hizo reír.

—¿En serio nunca has cocinado espaguetis? Tienen que ablandarse.

Se encogió de hombros ante la olla antes de tirar de mí y besarme la mejilla, oliendo también a menta. Debía haber usado mi enjuague bucal.

—Nunca he cocinado espaguetis.

—Jesús. ¿Cómo sobreviviste a la universidad?

—Vivía en casa.

—¿Tus padres nunca te enseñaron?

—Lo intentaron. Cuando quemé una olla muy cara, mi madre me hizo prometer que no volvería a intentarlo.

—¿No te permitieron cocinar después de quemar una olla?

—Bueno, eso y algunos muebles de la cocina.

Creo que me quedé con la boca abierta. Me quedé sin palabras.

Se encogió de hombros.

—No fue un gran problema. Mamá quería remodelarla de todos modos.

No pude evitar reírme.

—Bueno, en ese caso, cuando cocines para mí, será mejor que esperes a que llegue.

Puso los ojos en blanco.

—¿Quieres que ponga la mesa? Creo que puedo hacerlo.

Lo besé.

—Gracias.

Mientras cenábamos, me preguntó por mi nuevo cliente y se lo conté todo. No quería que pensara que estaba haciendo algo a sus espaldas, y si todo este asunto del novio real iba a funcionar cuando mi trabajo era tener falsos novios, necesitaba que Andrew supiera todos los detalles.

—¿Pero no pudiste encontrar a este chico?

Negué con la cabeza.

—La verdad es que no. Ha cambiado de dirección y de trabajo. No tiene Facebook, no que yo haya podido encontrar. Incluso Lance el idiota que me contrató dijo que su perfil había desaparecido. Parece que sus padres le hicieron cortar todos los lazos.

Andrew frunció el ceño, probablemente sabiendo que este caso me sonaba demasiado cercano.

—¿Crees que está bien?

—No tengo ni idea. Lola tiene un trabajo en la ciudad mañana, así que me dejará en la universidad. Voy a buscar, a ver qué puedo averiguar. Si no hay nada, me pondré en contacto con Lance y le diré que no hay nada que hacer.

—Entonces, ¿qué vas a hacer?

—Pasar al siguiente trabajo.

—¿Así de fácil?

—Claro. Hoy he recibido un mensaje en mi teléfono de un posible cliente. Nunca estoy mucho tiempo sin trabajar. Le he llamado y me ha saltado el buzón de voz.

Puso una cara difícil de leer.

—Hoy he comido con mi madre.

Oh. *Cambio de tema al azar, pero bueno.*

—¿Y qué tal fue?

—Oh, bien —dijo con una mirada cariñosa en su rostro —. Ella quería saber todo sobre ti. Había visto las fotos, por supuesto, y Sarah le dijo que tenía un nuevo novio.

Bueno, esto podría ir en cualquier dirección.

—¿Y qué le dijiste?

—Que eres australiano y que eres increíblemente guapo —dijo—. Que si hubiera una revista llamada *Vida de Australianos Sexis en Los Ángeles*, estarías en la portada.

Resoplé.

—¿En serio?

—Sí. Ella argumentó que Hugh Jackman o Chris Hemsworth estarían en la portada, y yo sólo me reí de ella. Le dije: "Espera a que lo veas", y entonces, por supuesto, me preguntó cuándo... te vería a ti, claro.

—Oh.

Se rio en voz baja.

—No te preocupes. Le dije: "Cuando estemos preparados para ello". Sin presiones.

Me sentí aliviado, no podía negarlo. Conocer a los padres (conocer a los padres de cualquiera) y esperar su aprobación no era algo que se me diera bien. Me limpié las manos en los muslos y tragué saliva.

—Me cuesta mucho conocer a los padres y aceptarlos, eso es todo. No es nada contra tus padres, y no es indicativo de lo que pienso de nosotros de ninguna manera.

Andrew se acercó y puso su mano en mi brazo.

—Lo sé. No pasa nada. Ella fue completamente comprensiva. Le dije que intentaba tomarme las cosas con más calma contigo y que conocer a los padres no era propicio para tomarse las cosas con calma.

—¿Y le pareció bien?

—Sí, más que bien. Dijo que era bueno que intentara frenar un poco.

—Oh.

Andrew se rio.

—No se trataba de ti —dijo—. Se trataba más bien de que no me lanzara de cabeza como suelo hacer. —Recogió nuestros platos vacíos y los llevó a la cocina. Los puso en el fregadero y se volvió hacia mí—. Me preguntó a qué te dedicabas.

Oh.

—Le dije exactamente lo que haces. Le dije que eres como un arreglador de relaciones —dijo—. Le dije exactamente cómo nos conocimos, que originalmente era una táctica para recuperar a Eli.

Me tragué el nudo en la garganta.

—¿Y qué dijo ella a eso?

Andrew se encogió de hombros.

—No mucho. Nunca le gustó mucho Eli.

Resoplé.

—¿Le gustó alguno de tus novios?

Me hizo una mueca.

—De todos modos —continuó—, lo que quiero decir con respecto a contarle a mi madre lo que haces, es que no tengo ningún problema con lo que haces para trabajar. No estoy ocultando ninguna parte de ti a nadie. Le conté a Michelle, mi amiga del trabajo, lo que hacías para trabajar, y le pareció bonito. Pero siempre he creído firmemente que lo que hacemos por trabajo no nos define. Yo me gano la vida dibujando, pero no es lo que soy. Tú no eres diferente.

Tragué el nudo en mi garganta. Me entendía muy bien, y mi honestidad era lo menos que podía ofrecerle.

—¿Puedo decirte algo?

—Por supuesto.

—No *necesito* ser un solucionador de relaciones.

Inclinó la cabeza, con las cejas fruncidas.

—No quiero que seas algo que no eres. Acabo de decir eso.

Casi sonrío.

—No, lo que quiero decir es que, en realidad, no necesito hacer ningún trabajo. Tengo... —Tragué con fuerza, no me sentía muy cómodo diciéndole esto a alguien—. Dinero.

Parpadeó.

—Cuando dije que mi tía Marvie me dejó una cantidad de dinero, no bromeaba. Sólo que no se lo digo a mucha gente. Está invertido y en depósitos a plazo, así que no tengo un gran flujo de efectivo, pero vivo de los intereses, básicamente. Y vivo aquí porque me encanta. Claro que es pequeño y algo más, pero está cerca de Emilio y Lola, y no necesito cosas materiales para ser feliz. Pero no hago lo que hago por el dinero. Lo hago porque me gusta ayudar a la gente.

Andrew me miró fijamente y luego se rio.

—Eres un hombre interesante.

—¿No te importa?

—¿Por qué iba a importarme? He dicho que no me molesta lo que haces por trabajo.

Hablaba del dinero, pero a él tampoco parecía importarle eso. Me levanté de la mesa y me acerqué a él. Puse mi mano en su cara y lo besé suavemente.

—Eres genial, ¿lo sabías?

Sonrió tímidamente.

—¿Dijiste que tenías gelato?

Dejé escapar una carcajada y puse mi mano en su vientre plano.

—¿Dónde lo echas todo?

—Sí, no te preocupes. A este ritmo estaré en el gimnasio a las 4 de la mañana.

Así que, con la tarrina de gelato y dos cucharas, plantamos nuestros culos frente al televisor y vimos reposiciones de *Family Feud* hasta casi la medianoche, riendo y discutiendo sobre quién ganaba y cachondeándonos de las respuestas de los demás.

Me envió un mensaje cuando llegó a casa.

Tuve la mejor noche, gracias.

Yo también, respondí.

¿En mi casa, el jueves por la noche?

¿Cocinarás tú?

Si tengo que hacerlo. Oh, lo siento, maldito autocorrector. Se suponía que era Si me ayudas.

JA JA JA. Trato.

¿Hablamos mañana?

Por supuesto.

Buenas noches, Spencer. Dulces sueños.

Todavía estaba sonriendo cuando Lola me recogió a la mañana siguiente.

CAPÍTULO SIETE

ME SUBÍ A CINDY CRAWFORD, el coche de Lola de los años 80, y Lola se desvió hacia el tráfico antes de que pudiera poner nuestras bebidas en el portavasos y ponerme el cinturón de seguridad. Habíamos recorrido una manzana cuando le entregué su café. Me miró a mí en lugar de a la carretera.

—Mírate, todo sonrisas de satisfacción. ¿Supongo que las cosas con Andrew van bien?

—¿Puedes mirar a la carretera? No tengo ganas de morirme hoy.

Sonrió, dio un sorbo a su café, cambió de marcha y de carril con una sola mano, y todo ello sin dejar de mirarme. En realidad no necesitaba el té verde cuando tenía una mañana de infarto como un viaje en coche con Lola al volante.

—¿Entonces? —presionó ella—. ¿Supongo que tú y Andrew...?

—Todavía no hemos tenido sexo —le dije.

Se desvió, un coche tocó el claxon y ella se enderezó.

—¿Qué quieres decir? Definitivamente te está pasando algo. Me doy cuenta.

Me reí.

—Bueno, es cierto. Estamos... tonteando, haciendo algunas cosas, pero nada de sexo con penetración. Todavía.

—¿Puedo preguntar por qué? Quiero decir, estadísticamente los hombres homosexuales son los que más sexo tienen de todos, así que tú solito estás arruinando la curva de campana, cariño. Se va a parecer más a un sombrero de pitufo que a una campana. ¿Quieres eso en tu conciencia?

Casi escupo mi té.

—Sólo porque no sea follar de verdad, no significa que no sea sexo. Estamos haciendo nuestra parte para apuntalar la curva de la campana, créeme. Nos tomamos las cosas con más calma para no desfallecer y quemarnos, eso es todo. —Entonces me di cuenta de que los coches de delante se habían detenido, pero Lola seguía mirándome. Puse mi mano libre en el tablero—. ¿Ah, Lola?

Pisó el freno y, sin perder el ritmo, dijo:

—Aww, qué dulce.

Respiré tranquilamente.

—Recuérdame que la próxima vez me tome el té con un Xanax para llevar.

—Pensé que ibas a decirme que se estaba guardando para la boda.

—Ah, no. Le está costando más abstenerse que a mí, creo.

—No me sorprende. Mírate. Hoy estás muy elegante.

Llevaba mis pantalones azul marino tres cuartos, una camiseta blanca y el chaleco de rombos de Andrew que dejó en mi casa.

—Andrew le dijo a su madre que saldría en la portada de *Vida de Autralianos Sexis en Los Ángeles*.

Ella sonrió, con los ojos muy abiertos.

—¿También hace el juego de lo de las portadas falsas de revistas?

—Sí.

—Awww, ¿ves? Sois una pareja hecha en el cielo.

Me reí.

—¿Te gusta cómo me queda su chaleco? Lo dejó en mi casa anoche.

—Te queda bien —dijo de nuevo mirándome a mí y no a la carretera.

—Um, coche. ¡Coche!

Lola redujo la velocidad para que no chocáramos por detrás con el coche de delante, por suerte.

—Entonces, ¿vas a una escuela de actuación en busca de un chico que no puedes encontrar?

—Sí. No tengo ni idea de qué se trata. Si no puedo encontrar un rastro de él después de hoy, le diré a Lance que no fue posible.

—Oh, ¿te ha llamado un tal Peter Hannikov?

—Sí, dejó un mensaje. ¿Lo conoces?

—Es un amigo de una señora con la que trabaja Gabe. Se separó de su novio. Todo es bastante triste aparentemente, pero Mindy, que trabaja con Gabe, sugirió llamarle. Podría valer la pena intentarlo.

Sonreí.

—Gracias. Lo llamé y le dejé un mensaje. Lo intentaré de nuevo hoy.

Llegamos a la escuela de interpretación y Lola subió a Cindy Crawford al bordillo.

—Iré a casa en autobús; gracias por traerme.

—No hay de qué —respondió ella.

—Oh, y sigue en pie mi invitación para la cena. ¿Suena bien el viernes por la noche? Pediré algo para todos en la tienda, digamos alrededor de las nueve. Emilio debería haber cerrado para entonces.

—¡Suena muy bien!

Salí del coche y apenas cerré la puerta cuando Lola se lanzó al tráfico. La observé hasta que desapareció, asombrado de cómo había conseguido el permiso de conducir, y luego me volví hacia la universidad.

La escuela de artes visuales y escénicas era enorme. Era un edificio gris en una especie de campus, con árboles y amplias escaleras de bienvenida en la parte delantera. Había gente pululando por todos sitios. Estudiantes, obviamente. Jóvenes, con pantalones vaqueros y mochilas, la mayoría de los cuales reían y hablaban animadamente con las manos, claramente felices de estar en una escuela en la que querían estar. De alguna manera, no podía imaginar que los estudiantes que estudiaban matemáticas o derecho fueran tan vivaces.

No es que lo supiera con certeza, porque nunca había ido a la universidad; nunca había querido hacerlo. Pero aquí no tenía nada que ver. Entré en el recinto de la escuela como si perteneciera a él. Nadie me miraría dos veces y se preguntaría por qué estaba merodeando. No es que tuviera intención de merodear por la escuela; sabía que no llegaría lejos con preguntas al azar a desconocidos sobre un compañero. Había un grupo de cinco, tres chicos y dos chicas, de pie cerca de las escaleras, todos sonriendo mientras hablaban, y me acerqué a ellos.

—Me preguntaba si podríais ayudarme. —Interrumpí—. Me dijeron que la mejor cafetería era Grand algo. —Dado mi acento australiano y mi petición de direcciones, dejé que asumieran que era un nuevo estudiante aquí.

Uno de los chicos señaló a la izquierda.

—Grand Café. A media manzana en esa dirección.

—Gracias —dije dándoles a todos una sonrisa mientras iba en la dirección que él me señalaba.

No podía quedarme en la escalinata con una foto de

Yanni preguntando si alguien lo había visto sin levantar sospechas y sin ganarme una reunión con la seguridad del campus, así que pensé que la cafetería en la que trabajaba sería el mejor lugar para empezar. Mi llamada telefónica a la cafetería no me había llevado a ninguna parte, pero quizá una reunión cara a cara sí.

La cafetería estaba llena de gente, sobre todo de estudiantes que tomaban una dosis de cafeína de última hora antes de las clases, pero también de algunos trajeados. Me quedé atrás y esperé hasta que la cola se redujera un poco, para tener más tiempo de hablar con la chica que estaba detrás del mostrador. No tenía ni idea de si era la misma chica con la que había hablado por teléfono y, sinceramente, no esperaba obtener ninguna información.

Pedí mi té verde, y al ver que tenían cajas de algunas variedades a la venta, utilicé eso para abrir la conversación.

—¿Qué variedades tenéis allí? —pregunté.

—Té verde con miel, té verde con limón, té verde con naranja —dijo acercando una caja de cada uno—. Son nuevos.

Olí cada caja, sólo para ver si conseguía un indicio de algún aroma. Dejé la de color naranja a un lado.

—Me quedo con esta, gracias.

—Genial —respondió ella.

La etiqueta con su nombre decía que era Jing. Una pequeña asiática que parecía bastante alegre y agradable, y al ver que estaba sola detrás del mostrador por un momento, le entregué algo de dinero en efectivo y le dije:

—Llamé ayer, no estoy seguro de si fue contigo con quien hablé. Estoy buscando a Yanni. Es un amigo mío y estoy preocupado por él.

Me miró antes de escudriñar la sala en busca de sus compañeros de trabajo, algo nerviosa. Me dio el cambio y dijo:

—Si tomas asiento, te llevaré el té.

—Genial, gracias. —Encontré un asiento hacia el fondo y esperé. Sólo que para cuando mi té estaba listo, sus dos colegas estaban cerca. No intencionadamente, sólo limpiando mesas y charlando con los clientes cercanos. Pero cuando Jing me entregó el té, supe que no era el momento.

—Gracias —dije con una sonrisa. Volvió a mirar nerviosa a su alrededor, así que antes de que pudiera cerrarse, le dije—: Me quedaré una hora por el campus. En la parte delantera, bajo los árboles. Si tienes algo que puedas decirme.

Parpadeó un par de veces y limpió la mesa antes de asentir, muy levemente, y volver al mostrador.

Terminé mi té, recogí mi caja de hojas de té y volví a la universidad a esperar. Y esperar. Y esperar.

Le di una hora y luego le di otra. Me gustaba observar a la gente, así que no me importó. La sombra era bastante agradable y la mayoría de la gente me sonreía al pasar. Estaba a punto de rendirme cuando Jing llegó corriendo por la esquina. Me vio y redujo la marcha, sentándose nerviosamente en el mismo asiento.

—Tuve que quedarme hasta tarde, lo siento. Pensé que te habías ido.

—Gracias por venir —dije.

—Yanni era mi amigo —dijo—. No éramos íntimos, pero era bueno conmigo. Yo también me preocupo por él.

—¿Lo has visto últimamente?

Negó con la cabeza.

—La última vez que lo vi fue hace dos semanas. Vino al trabajo para decirle a Sasha, nuestro jefe, que ya no podía trabajar.

—¿Dijo por qué?

Entonces me miró.

—No, pero parecía que le habían dado una paliza. Tenía un ojo negro y un corte en la mejilla.

Oh, Jesús. Literalmente me desplomé.

—Oh, no.

—No quiso decir quién lo hizo —dijo Jing en voz baja—. Sólo que se había mudado y cambiado de escuela también.

—¿Te había mencionado alguna vez a su familia? —le pregunté—. ¿Si sus padres eran estrictos o religiosos o algo así?

Ella negó con la cabeza.

—No. Nunca habló de ellos.

Ya había sonado demasiado como un entrevistador y no como un amigo preocupado.

—Me dijo una vez que no estaban de acuerdo con muchas cosas. Fueron bastante duros con él.

—¿Porque es gay? —preguntó.

Asentí.

—Sobre todo. ¿Te habló de Lance? Llevaban un tiempo saliendo juntos.

Jing negó con la cabeza.

—No. He deducido que estaba viendo a alguien, pero no hemos hablado de esas cosas. ¿Has hablado con él, el novio?

—Sí. Tampoco ha tenido noticias de él.

Ella frunció el ceño.

—Oh. Bueno, eso no es bueno.

Me incliné hacia atrás y suspiré, seguro de que esto era otro callejón sin salida.

—Gracias por hablar conmigo Jing. Aprecio tu ayuda.

—¿Crees que lo encontrarás?

La miré y respondí con sinceridad.

—No creo que quiera que le encuentren ahora mismo. Ha cambiado de teléfono, de trabajo, de escuela y no le ha dicho a nadie a dónde fue.

—¿Crees que está bien?

La miré directamente a los ojos.

—Eso espero.

Jing se levantó. Parecía que estaba luchando con una decisión en su cabeza.

—No sé si debo decirte esto... pero puedo ver en tus ojos que estás preocupado.

Eso no era fingido. Cuanto más oía hablar de Yanni, más me preocupaba.

—¿Decirme qué?

—He oído que fue a la de Pol, pero no sé si es cierto.

—¿De Pol?

Sus ojos se entrecerraron un poco.

—Ya sabes, la Academia de Pol.

—Oh, por supuesto. Lo siento, por supuesto. —No tenía ni idea de lo que estaba hablando, pero bajo mi pretensión de ser un amigo que tenía clases con Yanni, me di cuenta un poco tarde de que debería haber sabido esas cosas. Me pasé la mano por la cara—. Lo intentaré allí. Muchas gracias.

Se alejó unos pasos de mí y se detuvo.

—Si lo encuentras. Dile que le mando saludos.

Le sonreí.

—Lo haré. Gracias. —Me quedé sentado un rato más, dándole vueltas al teléfono en mis manos, preguntándome qué demonios iba a decirle a Lance. Él era estrictamente mi jefe para este trabajo, y le debía contar lo que había encontrado. Nunca le prometí buenas noticias.

Revisé mis contactos, encontré su número y marqué. No me sorprendió que saltara el buzón de voz, pero no quería dejar la noticia de que Yanni tenía un ojo morado por teléfono.

—Lance, soy Spencer Cohen. Puede que haya encontrado algo sobre Yanni, aunque podría ser otro callejón sin salida. Tendré que seguirlo. Es la última esperanza que tengo. Me pondré en contacto tan pronto como lo sepa.

Tomé el siguiente autobús a casa y pasé la tarde ayudando a Emilio en la tienda, agradecido por la distracción.

CAPÍTULO OCHO

PASÉ la mañana siguiente investigando sobre la de Pol. Que, como resultó ser, era una escuela de interpretación más pequeña. Por lo que me mostró Google Street View, parecía un escaparate normal y corriente en alguna calle secundaria y para nada una escuela o universidad. Era el polo opuesto de la universidad a la que Yanni solía ir.

¿Era este el compromiso de sus padres? ¿Fue este su castigo?

Era difícil encajar las piezas del rompecabezas de un tipo al que nunca había conocido, ni siquiera había puesto los ojos en él. Volví a llamar a Lance, y esta vez contestó.

—Spencer —respondió.

—Sí. Dejé un mensaje ayer.

—Sí, trabajé hasta tarde —explicó—. Siento no haberte llamado. ¿Has encontrado algo?

—No estoy seguro, para ser honesto. ¿Podemos vernos? —pregunté. No quería tener esta conversación por teléfono.

—Tengo citas todo el día... —Escuché voces de fondo. Lance les dijo algo que sonó como *estaré allí en cinco minutos* y luego volvió a hablar por teléfono—. ... que están a punto de empezar en realidad. No terminaré hasta después de la cena. ¿Podemos hablar ahora?

—Claro. Fui a su antigua escuela y hablé con alguien con quien solía trabajar.

Se detuvo un momento.

—¿Y?

—Nadie lo ha visto.

Suspiró en el teléfono.

—Oh.

—Lo sé. Es como si hubiera desaparecido.

—¿Pero tienes una pista?

—La tengo. Puede resultar que no sea nada. Sólo quería que supieras que sigo intentándolo, pero esto es todo. Si no encuentro nada en el próximo día o así, diré que hemos terminado.

Se aclaró la garganta.

—Es una pena.

—Bueno, no es exactamente un caso típico al que estoy acostumbrado. Ni siquiera he visto a este chico.

—Sólo quiero saber qué le pasó.

—Sí, lo entiendo. Y siento tener que decirte esto, pero la compañera de trabajo con la que hablé me dijo que la última vez que lo vieron, parecía golpeado. Tenía un ojo negro. Ese fue el día que dejó su trabajo.

Oí un leve jadeo y luego el silencio.

—¿Lance?

Se oyó un sonido de arrastre, como si hubiera cambiado el oído con el que escuchaba y luego:

—¿Les dijo quién lo hizo?

—No.

—¿Cuál es tu pista? —preguntó—. ¿Qué estás investigando?

No sé por qué dudé y no sé por qué mentí, pero las palabras salieron antes de que pudiera detenerlas.

—Alguien creyó verlo trabajando en una librería de la ciudad. Iré a ver si lo encuentro o preguntaré a otros empleados si lo conocen. Es una posibilidad remota, pero es todo lo que tengo.

—¿Qué librería?

—Barnes & Noble en The Grove —mentí fácilmente. La elegí porque era enorme y poco descriptivo, por lo que no sería demasiado fácil decir mis tonterías si él decidía ir a comprobarlo por sí mismo—. Eso es todo lo que sé.

—Vale, tengo que irme.

—Te llamaré mañana.

—De acuerdo.

Desconectó la llamada. Apagué el teléfono y lo dejé encima de la mesa.

—Gilipollas —murmuré para mis adentros antes de bajar a ver si Emilio o Daniela necesitaban que hiciera algo y todavía estaba refunfuñando sobre él media hora después —. El tipo es un imbécil. Tengo ganas de encontrar al tal Yanni y felicitarle por haberlo dejado.

Emilio ni siquiera levantó la vista de donde estaba entintando a un tipo. Se limitó a resoplar una carcajada.

—Dinos lo que realmente piensas hombre.

Daniela estaba más preocupada.

—¿Pero crees que está en peligro?

Me encogí de hombros.

—No lo sé. Se le vio por última vez con un ojo morado antes de dejar el trabajo y la escuela. Lance dijo que fue el padre de Yanni.

—¿Pero?

—Pero no sé. Hubo algo en Lance que no me gustó desde que lo vi. ¿Sabes esa voz en tu cabeza que te dice que algo no está bien? —pregunté.

Daniela asintió con furia.

—Sí. Tu sexto sentido.

Continué:

—Bueno, al principio lo achacaba a que este tipo era demasiado rico para su propio bien, arrogante y egoísta, pensando que podía comprar a la gente, algo que odio incluso en mi mejor día. Pero, ¿y si es más que eso? ¿Y si él fue quién golpeó a Yanni? ¿Y si Yanni le dejó por una buena razón?

Ahora Emilio se irguió y dejó de tatuar.

—¿Tú crees?

—No lo sé. —Suspiré—. No sé qué pensar. Cuando le dije que Yanni tenía un ojo morado, lo primero que me preguntó fue si Yanni había dicho quién se lo había hecho. No si estaba bien, ni *Dios mío*, ni nada.

Daniela frunció el ceño.

—¿Qué vas a hacer?

—Le dije a Lance que Yanni fue visto trabajando en la ciudad.

Los ojos de Emilio se entrecerraron.

—¿Le has dicho dónde trabaja?

—No. No tengo ni idea de dónde trabaja Yanni. Tenía que decirle algo. Y voy a ir a la ciudad esta noche para vigilar la librería en la que dije que trabajaba Yanni y ver si aparece Lance. Ya sabes, para ver si es un acosador psicópata o no.

La sonrisa de Emilio fue lenta y amplia.

—Bien pensado.

—Ten cuidado —dijo Daniela.

—Lo haré. Estaba pensando que podría llevar a Andrew y hacer una pequeña cita. —La verdad es que se me acababa de ocurrir, pero cuanto más lo consideraba, más me parecía una gran idea.

Daniela me miró como si hubiera perdido la cabeza.

—¿Quieres llevar a Andrew a una cita para comprobar un acosador psicópata de la vida real?

—Sí, pero le compraré un libro, y ¡oh! —dije hojeando la guía de conciertos local cuando se me ocurrió una nueva idea—. Debería ver si hay un bar de jazz en la ciudad. Le prometí que le llevaría a uno, y aún no lo he hecho.

Emilio, que había vuelto a entintar a su cliente, dijo:

—¿Le comprarás libros y le llevarás a bares de jazz?

—Sí. ¿Y?

No levantó la vista, pero me di cuenta de que estaba sonriendo.

—Debes tener cuidado Spencer. Ese chico podría querer casarse contigo.

DEJANDO DE LADO LAS BROMAS, le envié un mensaje a Andrew.

¿Estás ocupado esta noche?

Me contestó una hora más tarde, en lo que supuse que era su descanso para comer. Para entonces ya había limpiado el suelo, ordenado la sala de espera y consultado el teléfono sólo unas doscientas veces.

Depende. Iba a pedir una ensalada para cenar, a poner unos discos de vinilo que me regaló mi novio sexi y a acomodarme para hacer el amor con una sola mano. ¿Eso cuenta como estar ocupado?

Me reí mientras respondía.

No, cuenta como caliente, pero no ocupado. Y estoy bastante seguro de que necesitarías las dos manos. Tu polla es bastante grande.

JA JA JA ¿Quieres hacer algo?

Quiero llevarte a una cita. A una librería y a un bar de jazz. ¿Te parece bien?

Michelle quiere saber por qué me reí y abracé mi teléfono. Sólo para que lo sepas, no lo abracé. Ella dice mentiras.

Michelle era una chica con la que trabajaba y, en los últimos años, se habían convertido en los mejores amigos. Le había oído hablar de ella de pasada, pero nunca la había conocido. En realidad, nunca había conocido a ninguno de sus amigos.

Salúdala de mi parte.

Te manda saludos. Quiere saber si tienes alguna revista vieja de tatuajes que le puedas prestar. Quiere hacerse su primer tatuaje.

¡Seguro! Llevaré algunas esta noche. Debería venir a ver a Emilio.

Eso es lo que le dije.

¿Nos vemos a las seis?

No puedo esperar.

Suspiré feliz y me guardé el teléfono en el bolsillo, entonces me di cuenta de que Emilio e incluso su cliente me estaban mirando ahora.

—¿Qué?

Emilio asintió lentamente.

—Oh, sí, estás perdido, amigo mío.

En ese momento, Lola se abrió paso hacia atrás por la puerta principal, con los brazos llenos de cajas. Me apresuré a coger algunas antes de que las dejara caer.

—Se están metiendo conmigo —le dije.

Se enderezó y se recompuso con su glamour habitual.

—¿Por qué?

Emilio se rio, todavía entintando al hombre de la silla.

—Está coladísimo por Andrew. Estaba sonriendo a su teléfono como si acabara de descubrir que su sitio porno favorito había renunciado a sus cuotas de suscripción.

—¿Ves? —le dije a Lola—. Se están cachondeando.

—Pero cariño, no es cachondeo si es verdad.

Todos se rieron, y yo suspiré derrotado.

—¿Y supongo que quieres que te ayude con todo esto? —Levanté las cajas que le había quitado.

—Por supuesto. —Ella sonrió maravillosamente. Su suave carmín hacía juego con el color de su pelo—. Así que dime, ¿qué es lo último con Andrew?

—Tiene una cita caliente esta noche —dijo Daniela desde el cubículo de atrás—. Lo va a llevar a acechar a un psicópata en una librería y luego a un club de jazz.

Lola me miró elevando una ceja perfectamente delineada.

—¿Acechar a un psicópata? Hace una mañana que no te veo, Spence. Una mañana. ¿Qué demonios me he perdido?

Después de explicarle todo y de ayudarle a clasificar las paletas de colores de sombras de ojos, coloretes y barras de labios, le expliqué cómo había esperado encontrar a Yanni en el estudio de interpretación de Pol como último esfuerzo.

—Puedo llevarte mañana —dijo.

—Es por la tarde. He comprobado la página web y las clases de los jueves son más tarde que las de otros días.

—Perfecto. Me viene mejor, de hecho. Y entonces puedes ayudarme el viernes. Tengo un trabajo en Pasadena. Sólo serán unas horas. ¿Te parece bien?

—Genial.

<hr>

ERA ridículo lo emocionado que estaba por esta noche. Era sólo visitar una librería y luego a un bar de jazz, pero era nuestra primera cita oficial juntos.

Iba a ser una noche perfecta. Aparte de acechar al psicópata, que no sabía si era un psicópata de verdad, y ni siquiera sabía si iba a aparecer. Tenía todo tipo de esperanzas de que no apareciera, porque eso significaría que no era el psicópata que tenía la sensación de que era, y porque entonces podría hacer que toda la noche girara en torno a Andrew.

Estaba vestido y listo para salir, con el mejor aspecto posible, justo después de las cinco.

—Mirar el reloj cada treinta segundos no hará que el tiempo pase más rápido —dijo Lola. Ya casi había terminado el día, y, aparentemente me estaba poniendo nervioso.

—Es ridículo, ¿no? —pregunté—. Estoy siendo ridículo, ¿verdad?

Me sonrió y cogió su bolso.

—No, en absoluto. Vamos, te llevaré.

—Probablemente no esté en casa todavía, y su vecina ya piensa que soy un loco. Estoy bastante seguro de que iba a golpearme.

—Bien por ella. Si fueras un chiflado, debería darte una paliza.

—Eso es lo que le dije a Andrew.

Lola se rio de eso.

—Eres adorable.

Nos metimos en el Cindy Crawford, y esta vez, cuando me abroché el cinturón de seguridad, intenté pasar desapercibido cuando me hice una pequeña señal de la cruz en la frente, pero Lola me vio hacerlo.

—¿Acabas de echarte la bendición?

—Tal vez.

Ella jadeó.

—¿Por mi forma de conducir?

—Posiblemente.

—¿Haces eso cada vez que te subes a mi coche?

—Um...

Puso a Cindy en reversa y movió el volante antes de salir de su lugar de estacionamiento.

—Spencer Cohen, estoy profundamente ofendida.

—Tómatelo más bien como una señal de fe —le expliqué

mientras salía del aparcamiento hacia el tráfico a velocidad de vértigo—. Que me das un susto de muerte, y aun así me subo de buena gana a este coche.

—No soy una mala conductora —declaró.

—No, eres una muy buena conductora —estuve de acuerdo—. Teniendo en cuenta la velocidad a la que conduces y la total falta de consideración hacia los demás conductores o la física en general.

Me miró fijamente.

—Por favor, mira la carretera —le dije—. No tengo ganas de morir hoy. O de resultar gravemente herido.

—Oh —dijo sarcásticamente—. Se trata de la seguridad personal ahora que tienes un novio.

Me reí de ella.

—Sí, esa es totalmente la razón por la que no quiero morir hoy.

Suspiró dramáticamente.

—Ya veo cómo es.

—Sabes que te quiero.

Cambió de carril como un piloto de carreras y se detuvo en un semáforo en rojo.

—Bueno, no sé... —Ella elevó su cara como si estuviera dolida.

—¿Te he dicho que hoy estás especialmente guapa?

No pudo aguantar más. Se rio.

—Eres un capullo.

—Lo sé.

Entramos en la calle de Andrew y su coche estaba delante de su casa.

—Oh, ya está en casa.

—¿Le enviaste un mensaje de texto para avisarle que ibas a llegar temprano?

—No. Iba por lo espontáneo.

—Ibas a excusarte con "Mierda, no me di cuenta".

—Eso también. —Sonriendo, le quité la mano del volante y le besé los nudillos como el caballero que era—. Gracias por traerme.

Ella puso los ojos en blanco.

—Siento que hayas pensado que ibas a morir.

—¿Nos vemos mañana?

—Sí. Y quiero todos los detalles. Todos ellos.

Me bajé, con las revistas de tatuajes en la mano, y esperé a que se fuera. Crucé la calle, tarareando alegremente para mí, y pulsé el timbre de Andrew. Mi ridícula sonrisa murió cuando no fue Andrew quien abrió la puerta. No había conocido a esa persona en mi vida. Diablos, ni siquiera había visto fotos, pero sabía exactamente de quién se trataba porque se parecían mucho.

La madre de Andrew me sonrió.

—Tú debes ser Spencer.

CAPÍTULO NUEVE

ATASCADO por lo que debía decir, queriendo correr pero sabiendo que no debía, mi inútil cerebro habló sin mí.

—Eres realmente guapa.

Echó la cabeza hacia atrás y se rio, y yo me quise morir. Morir literalmente. En esa fracción de segundo, deseé seguir en el coche con Lola, atravesando el tráfico a cien kilómetros por hora, saludando alegremente a la muerte cada dos manzanas.

En lugar de eso, mis estúpidos pies se quedaron pegados al suelo y mi estúpida boca siguió avanzando. Porque en serio, por qué detenerse en *avergonzado* cuando *mortificado* era mucho más divertido.

—Para una mujer, quiero decir.

—¿Spencer? —Andrew salió del pasillo—. Llegas temprano.

Oh, gracias a Dios.

—Ayúdame porque tengo un cerebro estúpido.

Ahora él se reía, y su madre, estaba absolutamente seguro, pensaba que yo era un idiota. Estaba claramente divertida, incluso encantada, y yo seguía de pie en la puerta.

Andrew, mordiéndose el labio para evitar que la sonrisa de su cara aumentara, me arrastró al interior. Su madre era igual que él: alta, delgada, elegante y se mantenía con aplomo. Iba impecablemente vestida con un top verde vaporoso y un pantalón blanco con suficientes joyas de oro para ser elegante sin ser pretenciosa. No necesitaba recordarle a la gente que tenía clase; se notaba en el aire que la rodeaba.

—Spencer, esta es mi madre, Helen. Mamá, este es Spencer.

—Encantada de conocerte —dijo Helen con gracia—. Andrew me advirtió que me fuera antes de que llegaras, pero llegaste temprano.

—Sí, lo siento. Lola se ofreció a traerme, y montar en Cindy Crawford es mejor que un autobús, aunque signifique casi morir.

Los dos me miraron fijamente. Andrew me rodeó con su brazo y se rio.

—Mamá, Cindy Crawford es el coche de Lola.

Se llevó la mano al corazón.

—Ah.

Dios mío, esto no podía ser peor.

—Lo siento mucho. ¿Podemos empezar de nuevo? —Extendí mi mano—. Soy Spencer Cohen. Es un placer conocerte. No suelo ser tan idiota. Sólo estoy nervioso.

Helen me estrechó la mano con una sonrisa cariñosa.

—Es un placer conocerte. Por favor, no estés nervioso. Andrew me explicó que lo estarías, de ahí que me advirtiera que no estuviera aquí. Me ha dicho que le vas a llevar a una librería y a un bar de jazz.

—Sí, señora.

Suspiró dramáticamente.

—Un hombre según mi propio corazón.

—De acuerdo, mamá —instó Andrew.

—Sí, sí —dijo recogiendo su bolso de marca del sofá.

Besó la mejilla de Andrew, que prometió llamarla, y me miró una vez más—. Es un placer conocerte, Spencer. Eres tan guapo y encantador como dijo Andrew.

Sentí que la cara se me puso roja de vergüenza y Andrew acompañó a su madre a la puerta. Cuando ella se fue, se apoyó en la puerta y exhaló.

—Lo siento mucho.

—No te disculpes —dije—. ¡Yo soy quién se presentó sin avisar!

Andrew frunció el ceño y puso una cara de incertidumbre.

—No fue tan malo, ¿verdad?

—Le dije que era muy guapa —le expliqué todavía horrorizado—. Para ser una mujer.

Andrew se rio y se acercó a mí. Puso su mano en mi cintura.

—Por si sirve de algo, creo que le agradas.

—Tengo un cerebro estúpido que dice cosas ridículas.

Se inclinó y me besó la frente.

—Sigues diciendo que tienes un cerebro estúpido, pero debo discrepar.

Suspiré.

—¿De verdad le dijiste que era guapo y encantador?

Me besó suavemente.

—Sí. No puedo mentirle a mi madre.

Respiré hondo y traté de ver el lado bueno.

—Bueno, al menos ya está hecho, supongo.

Resopló.

—Haces que suene como una vacuna o un examen rectal.

Me reí de eso.

—No me opongo a las agujas —dije subiendo mi manga para mostrarle mis tatuajes—. Y resulta que me encantan los exámenes rectales.

—Supe tan pronto como dije eso a dónde iría tu mente.

Todavía sonriendo, le entregué las revistas dobladas.

—Para Michelle.

—Oh, gracias. Le encantarán. —Las cogió y las deslizó sobre la mesa del comedor—. Entonces, ¿por qué las mangas largas?

—No siempre muestro mis tatuajes —dije.

—Sólo te he visto llevar las mangas remangadas o una camiseta —llegó a decir.

—¿No te gusta lo que llevo puesto? —Miré mi camisa de botones azul claro, mis vaqueros oscuros y mis mocasines azules favoritos—. Creo que hoy lo he hecho bastante bien.

Sonrió y, acercándose de nuevo a mí, me pasó la mano por el cuello y me besó.

—Estás muy guapo. Siempre me pones caliente.

Me lamí los labios ante su persistente sabor.

—Mmm. Y tú sabes bien.

Deslizó la mano por su entrepierna y se reajustó.

—Maldita sea. Parece que tengo este problema recurrente cuando estás cerca.

Le hice un gesto con las cejas.

—Estoy más que feliz de ayudarte con eso. —Lo empujé hacia el piano para que su espalda quedara presionada contra él, y me lamí los labios—. Antes de hacer esto, deberías saber algo. —Esto podría matar el humor, pero no quería desviarme—. Hay otra razón por la que llevo las mangas bajadas.

—¿Y cuál es?

—Los tatuajes se distinguen. La gente recuerda haberlos visto. Quiero ir a la librería de la ciudad esta noche porque le dije a Lance el idiota que ahí trabajaba Yanni, y quiero ver si aparece.

Andrew inclinó la cabeza, con las cejas fruncidas.

—Entonces, ¿no es realmente una cita para mí?

—Sí, lo es. Es sólo un plus que me permite llevarte, y luego el bar de jazz es todo para ti.

—¿Por qué no quieres que Lance el idiota aparezca en la librería?

—Creo que él es la razón por la que Yanni desapareció.

Andrew parpadeó.

—¿En serio?

—No estoy seguro. —Entonces le expliqué mi viaje a la universidad de la ciudad y cómo Yanni fue visto con un ojo morado, mi consiguiente llamada telefónica a Lance, y la sensación que me produjo.

Andrew se quedó pensativo por un momento.

—Así que me llevas a una operación encubierta para ver si tu cliente es realmente un gilipollas.

—Sí.

—¿Y si lo es?

—Entonces cruzaremos ese puente cuando lleguemos a él.

Asintió lentamente.

—De acuerdo.

Di un paso atrás.

—¿Estoy perdonado?

—No —dijo y volvió a palparse la polla—. Creo que estabas a punto de ayudarme con esto.

—¿No seré perdonado a menos que te chupe la polla?

Se sonrojó o se excitó. Era difícil distinguir la diferencia.

—Es un comienzo.

Sonriendo, me arrodillé, le desabroché la bragueta y le saqué la polla que se estaba endureciendo. Lo miré y lo encontré recostado con los codos sobre el piano, mirándome de nuevo. Sus ojos estaban fijos en los míos, con la boca abierta, esperando, anticipando... Era jodidamente caliente.

Sin romper el contacto visual, abrí la boca, aplané mi lengua y chupé. Todo su cuerpo reaccionó, se estremeció y se retorció, y sus ojos se cerraron. Puede que fuera un comienzo, pero lo llevé al orgasmo en un abrir y cerrar de ojos.

LLEGAMOS A LA CIUDAD EN TAXI, lo que no supuso ningún problema. Andrew me contó su día, yo le conté el mío, y al poco tiempo estábamos en el centro. Salimos del taxi y empezamos a caminar hacia la librería, cuando Andrew se detuvo.

—¿Qué pasa? —pregunté.

—¿Puedo tomar tu mano?

Era curioso cómo unas simples palabras podían hacer que tu corazón tropezara consigo mismo.

—¿Sí? —dije. Estaba bastante seguro de que volvía a lucir esa ridícula sonrisa.

Andrew exhaló profundamente.

—Sólo quería preguntar. A algunas personas no les gusta; algunas personas tienen demasiado miedo de que un extraño al azar haga un gran escándalo al ver a dos chicos cogidos de la mano. Algunas personas simplemente no se toman de la mano, y eso está bien. Nunca te pregunté antes si te gustaba ir cogidos...

—¿Andrew?

—¿Sí?

Puse mi mano con la palma hacia arriba entre nosotros.

—Cállate y toma mi mano.

Sonrió pero gruñó un poco mientras entrelazaba nuestros dedos.

—Todavía no te he perdonado la treta de llevarme a una librería. Es como una cita falsa.

—No es una cita falsa —protesté. Me incliné y susurré mientras caminábamos—: Pero puedo chupártela en los baños de la librería si quieres. Ya sabes, para que me perdones.

Se puso rojo desde la frente hasta el cuello de la camisa. Miró a su alrededor como si alguien que caminara cerca de nosotros pudiera haberme oído.

—¡Spencer!

Fingí que no era gran cosa, porque no lo era, y apreté sus dedos.

—Esto es agradable. Creo que me gusta ir a las citas y tomarnos de la mano.

Dejó de caminar y me miró fijamente, lo que hizo que la gente que venía detrás de nosotros se apartara y tuviera que esquivarnos.

—Lo siento —les dijo y me arrimó a la pared, fuera del flujo de transeúntes. Parecía preocupado, o confundido, posiblemente ambas cosas—. ¿Has ido alguna vez por la calle de la mano de un chico? Quiero decir, ¿de verdad?

Negué con la cabeza.

—No.

Suspiró y sus hombros cayeron.

—Lo siento, debería haberme dado cuenta. No debería haber sido tan indiferente al respecto.

—No fuiste indiferente. De hecho, me preguntaste si estaba bien, y eso fue bastante agradable.

—¿Te sientes cómodo haciéndolo?

Quería decirle que no era para tanto, pero, sinceramente, lo era. No debería serlo. Pero lo era. Algunos gais no lo harían nunca, por miedo a las represalias, a la atención no deseada y a otras cosas que el mundo nos hacía. El hecho de que Andrew tuviera confianza en sí mismo para hacerlo, y el hecho de que quisiera cogerme de la mano, era algo importante.

—Sí, me siento cómodo. Y gracias por preguntar. Es otra

primicia para mí, que puedo tachar de mi lista de "Gracias a Andrew".

—¿Tienes una lista de "Gracias a qué"?

—La lista de "gracias a ti". Como, si puedo terminar cualquier frase con "gracias a Andrew", va a la lista.

Se rio.

—¿Quiero saberlo?

—Claro, como ahora. Tengo mi primer novio de verdad gracias a Andrew —expliqué—. O, ahora sonrío como un idiota todo el tiempo gracias a Andrew.

Se rio.

—¿Quiero saber cuál es el número uno de esta lista?

—Me masturbo cinco veces al día gracias a Andrew —dije. Se rio a carcajadas—. Ese es el número uno, con mucha diferencia. Y la número dos es que ayer escuché música clásica de piano por Internet gracias a Andrew.

Toda su cara se iluminó.

—¿De verdad?

—Sí. Aunque tal vez no sea el número dos. Tal vez es el número tres y el sonreír como un idiota es el número dos. Las encuestas están muy cerca.

Estaba radiante.

—Eres muy gracioso.

—Ahora, si no te importa, tenemos que ir a ver esta librería, y mientras espero a ver si aparece el psicópata Lance, tengo que hacer algo totalmente romántico como comprar un libro que sé que le gustaría a mi novio.

Andrew seguía sonriendo.

—Ah, sí, ¿cómo qué?

—Como *Cómo tener sexo con tu novio cuando está dotado como un caballo* —bromeé—. Oh, espera, no, ese es para mí. Para ti, probablemente compraría *Cómo abstenerse del sexo sin morir*.

Se echó a reír.

—¿En serio?

—Sí, es un éxito en ventas.

—Nunca hay un momento aburrido contigo, ¿verdad?

—Espero que no.

Me miró durante un largo momento, como si quisiera decir algo pero no pudiera. En cambio, me apretó la mano y me llevó hacia la librería.

—Vamos. Vayamos a ver si podemos encontrar ese libro.

—¿El de que mi novio está dotado como un caballo?

Se rio.

—Sí. De alguna manera creo que lo encontraremos junto al titulado *101 Usos del Lubricante*.

Me encantó que me siguiera el juego.

—Excelente. Espero que haya muestras gratis.

—Creo que no deberíamos hablar de esto en público. —Gimió.

—¿Por qué no? —Miré a la gente que pasaba. —No parece que a nadie le importe una mierda.

—No. Al hablar de... —Me miró de reojo mientras caminaba—. ...*eso* contigo me está surgiendo el problema que tenía antes.

Me reí. Dios mío. Era implacable.

—¿Vamos primero al baño?

Me gruñó y murmuró algo que sonó como "No me tientes", pero me dirigió hacia la librería.

No fue a los baños, sino que pasó por delante de la cafetería que había dentro de la librería y se dirigió directamente a las escaleras mecánicas del segundo piso.

—¿A dónde vamos?

—Arriba —respondió—. ¿No sería un mejor punto de vista para ver si comosellame entra?

—Bueno, es cierto —concedí—. Aunque estoy un poco decepcionado de que no me lleves a los baños.

Miró por encima de su hombro y me fulminó con la mirada.

—¿Cómo se supone que vamos a llegar hasta el sábado si sigues siendo tan sugerente?

Me reí en voz baja, ignorando el dolor de mis pelotas al hablar de sexo con él.

—No es divertido, Spencer —dijo—. Tal vez debería follar contigo esta noche.

Tropecé en el último escalón de la escalera mecánica.

—Jesús, Andrew.

Ahora le tocaba a él reírse mientras me llevaba a la primera pila de libros cerca del balcón.

—No es tan divertido cuando el zapato está en el otro pie, ¿verdad?

—Me pilló desprevenido, eso es todo —dije fingiendo que no me había impactado—. Y de todos modos, no fue estrictamente una imagen visual desagradable.

Andrew respiró hondo y cambió de tema.

—Entonces, ¿qué aspecto tiene este hombre?

—Como un vicioso. Supongo que acabará de salir del trabajo, así que estará aquí en unos veinte minutos, diría, con un traje caro y una sonrisa falsa. —Miré hacia la entrada de la librería pero no pude ver a nadie que se pareciera ni remotamente a él. Puse mi mano en el brazo de Andrew—. No quiero que me vea contigo.

La mirada de Andrew se dirigió a la mía, con ofensa y rechazo, instantáneos en sus ojos.

—¿Por qué no?

Le sonreí suavemente.

—No hay otra razón que la de no querer que estés implicado en esto de ninguna manera. Si es el imbécil que supongo que es, no quiero que ni siquiera te mire. No lo quiero cerca de ti.

—Oh.

—¿Crees que no quiero que el mundo sepa que estamos juntos? —pregunté—. Si quieres que emita un anuncio en la CBS, lo haré.

Ahora sonrió, la comisura de su boca se levantó tímidamente.

—Gracias, pero no es necesario.

—¿En serio?

Negó con la cabeza.

—Un anuncio en el *LA Times* estaría bien.

Resoplé.

—¿Eso es todo?

Asintió.

—O un anuncio de una página entera en *Geek Sexi*. He oído que sacan una edición especial titulada *Cómo Mantener Satisfecho a tu Geek Sexi*.

No pude evitar sonreír.

—¿De verdad? Definitivamente debería comprar ese número.

—Deberías suscribirte —dijo como si fuera un hecho—. Ahora, dado que estamos de incógnito, voy a volver a bajar a tomar un café, a ver si puedo ligar con algún tío bueno al azar.

Me quedé con la boca abierta y una punzada de dolor floreció en mi corazón. ¿Cómo habíamos pasado de las bromas a que él quisiera a otra persona?

—¿Qué?

Rápidamente tomó mi mano y la apretó.

—¡Sólo estaba bromeando!

—Ah.

Creo que mi reacción le complació en secreto.

—Pero, más tarde, si no aparece comosellame, estaré por aquí fingiendo que no te conozco, y si no estás, ya sabes, muy ocupado, puedes intentar tus mejores frases para ligar conmigo. —Toda su cara se suavizó—. Eres mi chico al azar,

Spencer.

Mi corazón trastabilló en mi pecho.

—Oh. Bueno, está bien entonces. Porque si hubiera una revista llamada *El Único Chico al que Spencer Quiere*, estarías en la portada.

Sonrió tan ampliamente. Tan feliz, presumido y tímido, todo en uno.

Busqué el baño más cercano para arrastrarlo, porque en serio, lo quería. No sólo lo quería en mi cama, lo quería en mi vida. Por el tiempo que fuera. Para siempre, probablemente. Y *ese* conocimiento, el tipo de realización del para siempre, me perturbó. Conocía a este chico desde hacía pocas semanas, pero era perfecto para mí. No una persona perfecta, porque nadie lo era, pero sí perfecto *para mí*. El yin de mi yang, la pieza de mi rompecabezas, el jazz y clásica para mi rock y blues. Éramos compatibles a nivel intelectual, y físicamente... bueno, sólo podía imaginar cómo iba a ser cuando finalmente empezáramos a tener verdaderas sesiones de sexo.

Estaba bastante seguro de que nunca dejaríamos de hacerlo. Y el significado de para siempre no pasó por mi mente como un pensamiento errante. Se me quedó grabado.

Yo, el tipo que mantenía a la gente a distancia a propósito, estaba pensando en relaciones del tipo permanente. Tal vez fueron las absurdas mariposas en mi estómago las que hicieron que mis ridículas endorfinas se metieran en las sinapsis de mi estúpido cerebro.

—¿Estás bien? —preguntó Andrew, con la preocupación escrita en su rostro.

—Estoy súper genial —respondí ignorando las mariposas que intentaban escapar por mi pecho.

—¿Súper genial? ¿Eso es un estado?

—Sí. —Según mi estúpido cerebro, es algo muy importante—. Sí, lo es.

Se rio.

—Bien, entonces. Me voy a tomar un café —dijo dejándome en el segundo piso con mi cerebro todavía atascado en esas dos únicas palabras. Para siempre. Y esas malditas mariposas que convertían mi estómago en un revoltijo hacían que mis pies se clavaran en el suelo y que se dibujara una sonrisa ridícula en mi cara, y no estaba seguro de si quería gritar a los cuatro vientos lo feliz que era. O vomitar.

No fue hasta que un chico me miró como si fuera una especie de maniquí que me obligué a moverme. Me quedé junto a las estanterías de libros con vistas a la puerta principal, pero también a las mesas y sillas de la cafetería que había dentro de la tienda. Andrew pidió y tomó asiento, mirando un poco hacia la entrada, pero aún podía ver su cara. Llevaba una sonrisa parecida a la mía, imagino. Era una sonrisa imparable, una sonrisa de no poder evitarlo, una sonrisa de *debe sentir lo mismo*.

Estaba a punto de tirar del hilo de esta estúpida operación encubierta y sacar a Andrew de aquí. Tenía toda la intención de renunciar al bar de jazz y llevarlo a casa y a la cama. Pero pensé que al menos debía fingir que miraba algunos libros para comprarle a Andrew. Estaba en la sección de novela negra, que no era mi género preferido. Con un ojo en las puertas y otro en las estanterías, y una mirada ocasional a un Andrew todavía sonriente, saqué mi teléfono y le envié un mensaje.

Estás muy bueno, ¿lo sabías?

Observé cómo sacaba su teléfono. Su sonrisa fue instantánea. Pulsó la pantalla durante un segundo, y mi teléfono zumbó inmediatamente después.

¿Es tu mejor frase para ligar? Porque hay que mejorarla.

Me reí en silencio frente a mi pantalla y escribí rápidamente mi respuesta.

Oh, puedo hacerlo mucho mejor que eso...

Pero entonces noté que entraba en la tienda un hombre que me resultaba familiar, y cuando volví a mirar, pude ver que era Lance.

Primero recorrió el suelo, caminando hacia un lado. Luego se metió debajo del segundo piso, donde yo estaba, y perdí el contacto visual. Envié un mensaje de texto rápido a Andrew.

Está aquí. Y guardé mi teléfono.

Me preocupó por un momento que Andrew pudiera mirar hacia arriba y alrededor de la tienda de forma muy evidente, pero fue muy sigiloso. Para ser un Geek sexi, eso es. Seguía sonriendo a su teléfono, pero sus ojos recorrieron la sala, antes de dejar el teléfono, dar un sorbo a su café y coger una revista.

Tomé las escaleras mecánicas para volver a la planta baja y me dirigí en la dirección que había visto a Lance el Idiota. Lo encontré de pie al fondo, casi escondido detrás de una fila de estanterías, tratando de pasar desapercibido mientras escudriñaba la sala. Me acerqué directamente a él y dio un respingo al verme.

—Las grandes mentes piensan igual, ¿eh? —dije ofreciéndole mi mano para que la estrechara.

La estrechó pero estaba claramente incómodo.

—¿Spencer? ¿Qué estás haciendo aquí?

—Para lo que me pagan —respondí en voz baja. Nadie más tenía que escuchar esta conversación—. Seguir pistas, y con suerte encontrar a Yanni. Posiblemente podría preguntarte lo mismo.

—Bueno, mencionaste que trabajaba aquí —dijo. Incluso tuvo el descaro de parecer avergonzado por ello. Luego suspiró y frunció el ceño, con la frente arrugada por la preocupación—. Sólo quiero verlo.

Tío, era bueno. Me pregunté, brevemente, si me había equivocado con él. ¿Podría haber estado honestamente preocupado por Yanni y yo lo había interpretado mal? ¿Estaba muy equivocado en toda la situación? Tenía que admitir que ahora no estaba seguro. Pero siguiendo con las mentiras que le había dicho sobre que Yanni trabajaba aquí, le dije:

—No está aquí. Ya he preguntado.

—¿Pero él trabaja aquí?

—He hablado con una chica que trabaja arriba. Me dijo que no hacía mucho tiempo que ella trabajaba aquí, pero que hoy no estaba Yanni, y que el personal de aquí es el único que trabaja hasta la hora de cierre. Eso fue todo lo que dijo. Podría estar en la plantilla mañana o la semana que viene o no estar. No lo sé.

Lance suspiró y empezó a asentir lentamente.

—De acuerdo.

Me asomé a la pared de cristal de la entrada, aprovechando para ver también si Andrew estaba sentado en la cafetería. Estaba, por suerte.

—Está oscuro. ¿Acabas de terminar de trabajar?

—Sí —murmuró—. Probablemente debería ir a casa.

—Oh, claro que sí —dije.

Lance se alejó un paso y se detuvo.

—¿Es esta la pista de la que hablabas? Dijiste que había una pista más para buscarlo.

—Oh, sí. Lo es. Bueno, lo era —enmendé rápidamente—. Puedo hacer más llamadas mañana si quieres.

Miró al suelo y luego volvió a mirarme.

—No sé... supongo que se ha ido.

Mierda. O este hombre era genuino, o se merecía un Oscar.

—Mira, veré lo que puedo encontrar mañana, y estaré en contacto. No tomes ninguna decisión ahora mismo.

Asintió, forzó una sonrisa y se fue. Lo vi irse y, cuando desapareció en la noche, miré a Andrew.

Seguía sentado, pero ahora me miraba, con una expresión curiosa y un poco preocupada.

Le dediqué una sonrisa y recordé el pequeño juego que quería jugar. Levanté el dedo en un gesto de "un segundo" y desaparecí alrededor de las pilas de libros. Necesitaba encontrar el perfecto... Tardé algo más de un segundo, pero después lo encontré. En realidad, encontré dos.

Sujetando uno de los libros a mi espalda para que no lo viera, me acerqué. Me detuve en la silla frente a él.

—Disculpa, ¿te importaría que me sentara?

Sonrió pero me siguió el juego.

—Por favor.

Me senté en el asiento, dejando el libro a mi espalda fuera de la vista.

—¿Puedo hacerte una pregunta?

—Claro.

—¿Te has preguntado alguna vez por qué los gestos de afecto más comunes son regalar flores o bombones?

Andrew resopló en voz baja.

—No es algo en lo que haya pensado mucho, no.

—Yo sí.

—¿Es cierto? —dijo tratando de ser serio. Volvió a deslizar la revista sobre la mesa—. ¿Y a qué conclusión has llegado?

Suspiré.

—Bueno, es un buen gesto. Algo bonito, en realidad. Si a la persona a la que quieres impresionar le gustan las flores y los bombones. Pero se ha vuelto muy impersonal. Como si la persona no hubiera pensado en lo que haría feliz al destinatario. Creo que es un gesto anticuado, de cuando la vida era más sencilla.

Asintió pensativo.

—Una vida más sencilla no está sobrevalorada.

—Es cierto —concedí—. Pero si fuera yo, me gustaría

pensar que sé qué regalar a la persona. Un regalo que significará algo. Algo más personal que unas flores.

Andrew estaba claramente encantado. Miró el libro volcado en mi regazo, tratando de leer el título.

—¿En serio? Dime, si tuvieras que hacer un regalo a alguien, alguien como yo, ¿qué crees que elegirías?

—Ah, ahí está el quid de mi dilema. Si pudiera elegir, te elegiría un disco de vinilo.

—O un tocadiscos completo...

—Sí, bueno, eso también. Pero te elegiría un álbum de Jeff Buckley, o un disco de Bill Withers. —Andrew se rio—. Pero esto no es una tienda de discos antiguos.

—¡Qué astuto! Tienes razón. Por eso he elegido este libro para ti. —Le entregué el primer libro.

Leyó el título en voz alta.

—*Guía de Cocina para Geeks*. —Miró del libro a mi cara. Ladeó la cabeza y entrecerró los ojos, absolutamente sorprendido por mi elección.

—¿De verdad? ¿Esto pretende halagar, insultar o divertir?

Intentaba no reírme.

—Los tres, por supuesto.

—Bueno, dos de tres no está mal. —Pasó las páginas—. ¿Y este es tu intento muy serio de ligar conmigo?

Negué con la cabeza lentamente y saqué el otro libro que ocultaba en mi espalda. Lo sostuve de manera que sólo pudiera ver el lomo, y mi corazón latía a mil por hora. Esperaba hacerlo bien.

—Este es el libro.

Muy nervioso, se lo entregué.

Leyó el título y su mirada se dirigió a la mía. Su sonrisa se extendió lentamente, sus ojos cálidos y brillantes. Susurró:

—Spencer... es perfecto.

Dejé escapar una risa aliviada.

—¿De verdad?

Asintió y releyó distraídamente el título:

—¿*Sueñan los androides con ovejas eléctricas?* Es un clásico absoluto, Spencer. Blade Runner se basó en este libro.

—Lo sé, por eso lo elegí para ti.

Me miró fijamente y luego volvió a mirar el libro que tenía en sus manos, como si sus emociones le superaran.

—Tú me conoces... —Negó con la cabeza, aparentemente incapaz de terminar.

Golpeé su pie con el mío y esperé a que levantara la vista.

—Y tú me conoces.

Me miró fijamente. Sólo me miraba. Y finalmente tragó con fuerza y dejó escapar un largo suspiro.

—¿Podemos irnos?

Asentí y me levanté. Le tendí la mano, que él tomó, y me dejó que lo pusiera de pie.

—Primero tengo que pagar los libros —le dije. Saqué mi lado competitivo—. Entonces, ¿he aprobado?

—¿Aprobar qué?

—La prueba de ligar.

Andrew se rio.

—Completamente seguro.

Le sonreí y hablé para que sólo él pudiera escuchar.

—¿Voy a tener suerte esta noche?

Se sonrojó.

—Déjame pensar... me vas a comprar uno de los libros más geniales jamás escritos y me vas a llevar a un bar de jazz. Creo que es seguro asumir que habrá suerte cuando lleguemos a casa.

—¿Cuánta suerte? —susurré—. Porque sé que dijimos

que esperaríamos hasta este fin de semana, pero un chico puede vivir con esperanza, ¿no?

Andrew sonrió salazmente.

—Eso depende totalmente de si me alimentas también.

—Oh, ya veo cómo es —bromeé—. Esperas libros, música de jazz y una cena.

Alzó su rostro con orgullo.

—Tengo estándares.

Me reí y lo cogí de la mano, llevándole al mostrador de servicio. Andrew miró el libro de cocina.

—¿En serio me vas a comprar el libro de cocina para frikis?

—Absolutamente. Me he propuesto como misión en la vida enseñarte a cocinar.

Me frunció el ceño, pero apenas lo hizo en serio. Era más una sonrisa que un ceño fruncido.

—Sólo cocinaré si estás ahí para ayudarme.

—Trato hecho. —Pagué los libros y, cuando la cajera me entregó la bolsa con los libros dentro, me giré para mirar a Andrew. Respiré hondo y se los tendí lentamente, como si fueran flores—. Para ti.

Esperaba algún comentario sarcástico o, al menos, que pusiera los ojos en blanco, pero se sonrojó un poco y sonrió con timidez. Aceptó los libros amablemente.

—Gracias.

Quería besarlo. Quería deslizar mi mano a lo largo de su mandíbula hasta su cuello de tal manera que me hormigueara la palma. Pero no lo hice. La librería estaba abarrotada y no habíamos hablado de muestras de cariño a parte de en un bar oscuro. Estrechar la mano era una cosa, besar era otra.

—Deberíamos irnos —dije; mi voz estaba ronca. Me aclaré la garganta—. Al parecer, el bar no está lejos de aquí.

Andrew se lamió los labios como si quisiera besarme

tanto como yo, pero en lugar de eso me miró fijamente durante un largo segundo antes de asentir.

—Sí. Deberíamos irnos.

Me dirigí a las puertas, dándome una patada por haberle prometido que iríamos a un bar de jazz. Volver a su casa y llevarlo a la cama me parecía una idea mejor. Pero, como un buen chico, en lugar de llamar a un taxi y volver a casa, señalé la calle.

—Por aquí.

CAPÍTULO DIEZ

EL AIRE del exterior fue como un antídoto mágico para la tensión sexual entre nosotros. Mi necesidad de llevarlo a un callejón oscuro y empujarlo contra una pared, deslizándome entre sus muslos y besándolo hasta que se rindiera parecía disiparse en la noche de Los Ángeles. Pero nunca estaba lejos, justo debajo de la superficie, ansiando continuar donde lo habíamos dejado, esperando el momento perfecto para llevarlo a casa.

Tomamos un bocado rápido en el camino, con muchas ganas de vivir el momento del jazz. Cuando nos acercamos al bar, tuvimos que cruzar corriendo la calle, y Andrew me cogió de la mano, soltándola sólo cuando llegamos a la puerta. El interior del bar era oscuro y no estaba excesivamente lleno, pero sí lo suficiente como para permitir el perfecto anonimato y ponerse cómodo en un rincón. Me recordaba a un lugar de reunión de poetas bohemios, de estilo country romántico pero lo suficientemente elegante como para explicar el precio caro de las bebidas.

Le dije a Andrew que cogiera una mesa mientras yo iba a la barra, y mientras esperaba, me fijé en el escenario.

Estaba centrado a lo largo de la pared más lejana, y en el escenario había un viejo piano, un contrabajo en su soporte, y un clarinete y un trombón apoyados en sus soportes. Parecía un poco triste y solitario ver esos instrumentos sin sus músicos, pero cuando miré a Andrew, estaba sentado en una mesa mirando también al escenario. Y estaba radiante.

Nunca sabré cómo era posible que su ex nunca lo hubiera llevado a un bar de jazz. Lo llevaría a uno todos los días de la semana si pudiera, sólo para verlo sonreír así.

El camarero interrumpió mis cavilaciones, así que pedí dos cervezas y finalmente me senté junto a Andrew. Le entregué la cerveza y junté mi rodilla y mi muslo contra los suyos.

—Tiene buena pinta —dije señalando con la cabeza hacia el escenario.

Estuvo de acuerdo, todavía sonriendo.

—Sí. —Dio un trago a su botella—. Así que, Lance apareció como pensabas que lo haría. ¿Te dijo algo?

Tragué mi sorbo de cerveza.

—Dijo que sólo quería verlo. Todo lo que dice, cómo reacciona, o es todo genuino o es un muy buen actor.

—¿Y tú qué crees?

Me encogí de hombros.

—No sé qué hacer o pensar de *él*. Quiero creerlo, pero hay algo en él que no me deja hacerlo.

Andrew dio un sorbo a su cerveza y asintió.

—Bueno, ¿sabes lo que dicen de tu sexto sentido?

—¿Veo gente muerta?

Se rio.

—No. Que tienes esa sensación por una razón. Por algo se te erizan los vellos de la nuca. Esa sensación espeluznante de advertirte del peligro, es algo real.

—¿Te lo crees?

Me miró a los ojos.

—Sí, lo creo.

—¿Crees en el destino?

Sus ojos relampaguearon con algo -diversión, atrevimiento, ¿honestidad?- y se tomó un segundo para responder.

—No solía hacerlo. Soy más bien un tipo de razonamiento lógico y científico.

Le di un sorbo a mi cerveza para ocultar mi sonrisa.

—Usaste el tiempo pasado, así que no solías creerlo, ¿pero lo crees ahora?

—El jurado aún no está decidido. Estoy indeciso.

—No es difícil. O crees o no crees...

—¿Y tú?

—Sí.

—¿Crees que el destino hace que las cosas sucedan por una razón?

—Creo que elegimos nuestros propios caminos, tomamos nuestras propias decisiones, pero creo que la gente que entra en tu vida lo hace por una buena razón.

—Entonces, ¿tu decisión de venir a Estados Unidos?

—Es una decisión completamente mía, pero estaba destinado a estar aquí.

—Eso no tiene sentido —argumentó—. No puedes tener las dos cosas.

—¿Quién lo dice?

Frunció el ceño, nervioso.

—Bueno, las reglas del destino.

—¿Las reglas del destino?

Soltó una carcajada.

—Cállate.

—¿Acaso eso es un punto?

—¡Pues sí! Acabo de hacer un punto.

—¿Así que nuestras vidas, toda nuestra existencia, es como un juego de mesa cósmico, donde nuestros creadores tiran un dado y mueven nuestros pequeños marcadores por todo el tablero?

Volvió a reírse.

—Sí, exactamente —dijo poniendo los ojos en blanco—. Como El juego de la vida, pero de verdad.

—Bueno, personalmente me gustaría dar las gracias a mi creador por haber lanzado cualquier dado que te haya traído hasta mí —le dije. No le quité los ojos de encima mientras bebía otro trago de cerveza—. Ciertamente aterricé en Mayfair cuando te conocí.

—¿May, qué?

—Mayfair. Ya sabes, la calle azul oscuro más cara del Monopoly.

Se rio.

—Quieres decir Boardwalk. En fin, que no es para nada El Juego de la Vida, pero bueno.

En ese momento, algunos chicos subieron al escenario y se sentaron en taburetes ante los instrumentos. Cualquier posibilidad de conversación entre nosotros se perdió porque Andrew dirigió toda su atención a ellos. Bueno, casi toda. Giró un poco su silla para estar mejor orientado hacia ellos y deslizó su mano sobre mi muslo por debajo de la mesa y parecía tan feliz e intrigado como nunca lo había visto.

La banda era buena, y tocaron un montón de canciones que Andrew conocía. Parecía realmente impresionado. No es que fuera un experto, pero me incliné hacia él y le susurré, con mis labios al oído:

—Puedes tocar el piano mejor que él.

Andrew se rio.

—Probablemente no.

Me incliné hacia atrás.

—Uf, probablemente sí.

Negó con la cabeza, descartando por completo mi opinión.

—Creo que eres parcial.

—Creo que eres sexi.

Se rio, su cálido aliento recorrió mi cuello y yo estaba a punto de retirarme y besarlo cuando la música se detuvo. Anunciaron un breve descanso, y la sala se llenó de charlas y música de fondo grabada, que palidecía en comparación con lo que acabábamos de escuchar.

—Deberías ir a tocar el piano mientras hacen una pausa —le dije.

—¿Qué? —dijo, alarmado—. ¡De ninguna manera!

—Sí, así es. Dale a esta buena gente una lección de música.

Negó con la cabeza.

—No se toca el instrumento de otra persona, Spencer.

—¿Es eso como un pecado capital?

—Completamente.

—¿Y si preguntas primero? —Miré a mí alrededor para ver si podía ver al músico que había estado tocando el piano, pero no estaba en ningún lugar que pudiera ver.

Andrew me agarró del brazo.

—No, no. Ni siquiera lo pienses. —Miró su reloj—. De todas formas, vayámonos, se hace tarde y tengo que trabajar por la mañana.

—Todavía tienen que tocar otro bloque —intenté razonar, mirando hacia el escenario, pero Andrew se levantó.

Recogió los libros que le había comprado.

—¿Está bien si nos vamos temprano? He tenido la mejor noche, pero son casi las once.

—Claro —dije poniéndome de pie con él—. No quería asustarte. No habría preguntado sin tu permiso.

Me dedicó una sonrisa tensa.

—No, no es eso...

Podía decir que por supuesto que lo era.

—Bueno, será mejor que te llevemos a casa antes de que llegue la medianoche.

—No me convertiré en una calabaza —murmuró.

—Qué pena. Me encanta comer calabaza.

Volvió a reírse; esa sonrisa era genuina.

Llamamos a un taxi y subimos a la parte trasera. Andrew le indicó cómo llegar a su casa, se sentó cerca de mí y me cogió de la mano.

—He pasado la mejor noche —dijo sin importarle si el taxista nos oía o veía—. Pero me imaginé que tardaríamos en llegar a casa, y luego en dormirnos... —Se sonrojó.

Mmm, la mera insinuación hizo que todo mi cuerpo se calentara.

—Oh, ¿algún plan en particular que deba conocer?

—Pensé que podríamos improvisar —dijo.

—Me gusta improvisar.

Suspiró y se apoyó en mí. El tráfico era bastante estable, y teníamos por delante un viaje de quince minutos como mínimo en taxi. No podía culparle por ponerse cómodo. Le pasé el brazo por el hombro y suspiró satisfecho.

—¿Puedo preguntarte algo?

—Claro —respondí esperando que fuera una pregunta llena de insinuaciones. Los preliminares mentales eran muy divertidos—. Pero antes de que preguntes, no, nunca he jugado al Twister desnudo.

Resopló.

—Para nada tiene que ver con mi pregunta.

—Qué pena.

—Se trata de tu familia.

Parpadeé, sorprendido. No me lo esperaba en absoluto.

—Ah.

Se sentó.

—No, lo siento, no es nada. No debería haber dicho nada.

No estaba seguro de qué podría querer saber. No los había mencionado desde el primer día en que comenzamos a salir de verdad, después de mi completa crisis cuando pensé que Andrew había vuelto con su ex. Tampoco había pensado en ellos desde entonces. Había estado demasiado ocupado -demasiado feliz- con él.

—Está bien —dije intentando tragar el nudo en mi garganta—. Pregunta.

—No, fue una tontería, y no debería haberlos mencionado.

—Bueno, ahora lo has hecho, así que sólo tienes que preguntar.

Arrugó el entrecejo y la comisura del labio bajó.

—Se trataba de la suerte y el destino, eso es todo. Dijiste que creías que todo sucedía por una razón... —Se encogió de hombros—. Olvida que los mencioné. Lo siento.

—Te preguntarás sí creo que todas las cosas suceden por una razón, ¿qué propósito puede tener que mi familia me repudie?

Frunció el ceño y se apartó, poniendo distancia entre nosotros.

—Lo siento.

—Andrew, ¿podrías dejar de disculparte?

Negó con la cabeza.

—Yo hago esto, ya sabes. Arruinar cosas, es decir. Digo cosas que afrentan a la gente, y hecho a perder las cosas.

—No arruinaste nada.

Puso los ojos en blanco y no pude saber si iba dirigido a mí o a él mismo. Desde luego, estaba enfadado consigo mismo. Apretó la mandíbula y miró por la ventana, como si no pudiera soportar mirarme. Y así, sin más, me dejó fuera. Sabía que era nuevo en las relaciones, en todo el esquema de las cosas, y algo defensivo por naturaleza. Pero esta reacción suya me desconcertó por completo. No tenía ni idea de cómo habíamos pasado de tener la mejor noche, a un vacío silencioso entre nosotros.

—Andrew, ¿quieres mirarme?

Lo hizo y esperó a que yo hablara.

—No arruinaste nada haciéndome una pregunta.

—Fue insensible, y debería haberlo sabido.

—No soy de cristal —le dije cabreado porque pensara que era tan frágil—. Sé que tengo... problemas cuando se trata de mi familia. La crisis que tuve cuando nos conocimos fue una combinación de cosas, y siento que te hayas visto envuelta en ella, pero eso no significa que tengas que andar con pies de plomo a mi alrededor. Si quieres saber algo, entonces pregúntalo.

Parpadeó, sorprendido.

—Estás enfadado —susurró—. ¿Ves? Esto es lo que hago.

—No estoy enfadado porque me hayas preguntado por mi familia. Estoy enfadado porque crees que tienes que censurarte a mi alrededor, y cuando lo cuestiono, tu primera reacción es poner un muro entre nosotros.

Suspiró con fuerza.

—Lo siento.

—Por favor, deja de disculparte.

—Pero lo hice. Arruiné la noche perfecta.

—No lo arruinaste.

—Bueno, estás enfadado conmigo así que la consideraría arruinada.

Me pasé las manos por el pelo y me di cuenta de que el taxi había girado hacia la calle de Andrew.

—No estoy enfadado —dije en voz baja.

—Acabas de decir que lo estabas —replicó.

El taxi se detuvo y suspiré, derrotado. ¿Salía con él? ¿Acaso quería que lo hiciera? Puso la mano en el pomo de la puerta.

—Probablemente deberías irte a casa —dijo.

Genial, entonces. No era necesario adivinar.

Abrió la puerta y le agarré del brazo.

—Andrew, ¿qué acaba de pasar?

Sonrió con pesar.

—Te lo dije. Lo arruiné. —Le dio dinero al taxista y se bajó. Se giró para mirarme, y la expresión de su cara me estrujó el corazón—. Te llamaré —dijo con dificultad y cerró la puerta.

Y me senté allí, con la cabeza dando vueltas, sin saber qué coño acababa de pasar.

—¿Adónde? —preguntó el taxista.

Miré los ojos del conductor en el espejo retrovisor. Y todos los libros y películas que odiaba, en los que los personajes discutían por algo estúpido y la falta de comunicación y el orgullo lo jodían todo, pasaron por mi cabeza. Odiaba que no crecieran de una puta vez y hablaran entre ellos. Era un cliché, era inmaduro, y ahora comprendía que era jodidamente real.

Aun así lo odiaba.

Saqué mi cartera y le tiré diez dólares al taxista por hacerle esperar.

—Aquí mismo, amigo —dije bajándome. Cerré la puerta de golpe y salí corriendo detrás de Andrew.

Acababa de meter la llave en la puerta y la abrió.

—¿Qué estás haciendo? —preguntó.

Lo agarré de la mano y lo guie hacia el interior.

—Vamos a hablar, joder.

Su casa estaba a oscuras, salvo la luz del vestíbulo que proyectaba una tenue luz hacia el salón. Todavía sostenía los libros que le había comprado como si fueran un escudo defensivo, así que se los quité y los lancé sobre el sofá. Miró al suelo entre nosotros y, por Dios, parecía a punto de llorar.

Así que hice lo único que se me ocurrió hacer. Lo atraje hacia mí. Le rodeé con mis brazos y él me abrazó con la misma fuerza. Me sentí muy bien. Era cierto: los abrazos tenían poderes curativos. Se ajustaba a mí, no de una manera sexual, sino en la manera de sujeción. Pude sentir que la tensión abandonaba sus hombros, y después de un momento se relajó en mí.

Murmuró contra mi camisa:

—No sé qué pasó.

Me aparté un poco y le levanté la barbilla para poder besarle. Fue un beso suave, un beso emotivo.

—Por favor, nunca dejes de hablarme —susurré—. No me cortes, no me ignores. Es la única cosa... —Tragué con fuerza—. Es lo que hicieron.

Sus ojos se abrieron de par en par antes de cerrarse lentamente. Sabía que estaba hablando de mi familia.

—Dios, Spencer, lo siento.

—Enfádate, cabréate, pero por favor, no te alejes de mí.

Tomó mi cara entre sus manos y me besó antes de llevar mi cara a su cuello. Me abrazó muy fuerte.

—No me di cuenta —dijo—. La he cagado de verdad.

—No, no lo hiciste —murmuré en su cuello—. Estamos aprendiendo sobre la marcha, eso es todo.

—Gracias —susurró presionando sus labios a un lado de mi cabeza—. Gracias por no ir a casa. Gracias por hacerme escuchar.

Entonces me retiré y acuné su cara, trazando su mandíbula con mis pulgares.

—Simplemente te cerraste a mí.

—Lo sé. No era mi intención. Es que fue la noche más perfecta, tuve la mejor noche, de verdad, y quería traerte aquí y llevarte a la cama. Pensé que esta noche podría ser la noche, ¿sabes? Pero entonces, digo las cosas más insensatas cuando me pongo nervioso. No tengo filtro, y soy socialmente torpe. Siempre lo he sido. Es doloroso, en serio. Ojalá supiera cómo no echar a perder los momentos bonitos.

Besé sus párpados, su mejilla y luego sus labios.

—No arruinaste nada.

Resopló.

—De acuerdo.

—Todavía estoy aquí, ¿no?

Entonces me miró fijamente.

—Sí. Gracias a Dios que saliste de ese taxi.

—Siempre me molestan las películas en las que la falta de comunicación es el tropo. Es tan cliché. Y de todas las cosas, Andrew, no somos un cliché. No somos *Cuando Harry conoció a Sally*. Somos más como la película *Seven*. Con la cabeza en la caja.

Parpadeó.

—¿*Seven*?

—Bueno, está bien. No del tipo psicópata-asesino-loco, sino del tipo inesperado. Nadie esperaba la cabeza en la caja.

Finalmente se rio.

—Nada de cabezas mutiladas en una caja, y nada de irse.

—Completamente de acuerdo.

Respiró profundamente y se apoyó en mi mano.

—No quiero tener sexo.

Una carcajada se me escapó.

—Oh, vale.

Se enderezó, alarmado.

—No, no, no quise decir eso. Oh, Dios, lo he vuelto a hacer. Quise decir *esta noche*. Me refería a que esta noche no estaría bien. Quiero que sea cuando no se sienta como un polvo de lástima.

Ahora me reí, largo y tendido.

—Oh, Andrew... —lo besé—. ...Eres único.

Sus hombros se hundieron y no me miró.

—¿Te quedarás de todos modos?

Le levanté la cara para que viera que sonreía. Lo besé de nuevo.

—Me quedaré. Aunque, sin sexo. Pero quiero despertarme a tu lado, ¿está bien?

Asintió.

—Muy bien.

—Y tú nunca serás un puto polvo de pena.

—Digo las cosas más estúpidas.

—Y yo tengo un cerebro estúpido, así que hacemos una buena pareja.

—Al menos tu estúpido cerebro tiene un filtro. —Parpadeó—. No quise decir que realmente tuvieras un cerebro estúpido.

Resoplé.

—¿Qué tal si lo dejamos por hoy?

Asintió lentamente.

—Probablemente sea una buena idea.

Tomando su mano, lo llevé a las escaleras y a su habitación. No nos molestamos en ducharnos ni en cepillarnos los dientes, simplemente nos desnudamos hasta quedar en ropa interior y nos metimos en la cama. Se acomodó junto a mí y apoyó su cabeza en mi pecho, mis brazos lo rodearon instintivamente. Su respiración era constante, pero podía sentir sus pestañas cada vez que parpadeaba. Tras un largo silencio, dije:

—¿Puedo responder a tu pregunta?

Esperó.

—Creo en el destino. Creo que hubo una buena razón para que mi familia, mis padres principalmente, me repudiaran. Pude pasar unos años estupendos con mi tía Marvie, quien era la mujer más amable que he conocido. Me gustaría pensar que hice que los últimos años de su vida fueran felices. Sí, me dio dinero, pero lo devolvería todo por un día más con ella. Vine aquí a Los Ángeles, conocí a Lola y a Emilio, y son los mejores amigos que un hombre podría pedir. Y te conocí a ti. —Mi corazón estaba a punto de estallar, pero tenía que decirle esto—. Esta es la vida que debía vivir. Aquí, ahora mismo, en tu cama, contigo.

Andrew se inclinó y me miró a los ojos.

—Spencer —susurró. Me puso la mano en la cara y me besó, suave y cálido, con un suave golpe de lengua. Cuando retiró su boca de la mía, apoyó su frente en mi mejilla y se recostó contra mí.

Me giré un poco sobre mi costado, manteniéndolo justo donde estaba, con su cara firmemente apoyada en el pliegue de mi cuello, y nos quedamos dormidos envueltos en los brazos del otro.

CAPÍTULO ONCE

ME DESPERTÉ cuando Andrew se levantó de la cama.

—Mm mm —refunfuñé—. Vuelve. —Debí de estar acurrucándome con él, porque eché de menos el calor por todo mi frontal cuando se fue.

Se rio.

—Algunos tenemos que trabajar —dijo mientras se dirigía a su baño.

—Yo trabajo —objeté, con sueño—. Más o menos.

Oí que la ducha empezaba un momento después y me puse de espaldas. Su cama era realmente la más cómoda del mundo. Mi mano se dirigió naturalmente a mi pene para darle un apretón a mi erección matutina. Una cosa que sabía con certeza era que a mi cuerpo le gustaba despertarse acurrucado con Andrew.

A mi corazón tampoco le importaba.

A pesar de que la noche cayó en picada, estaba bastante seguro de que estaríamos bien. Y entonces mi cerebro adormecido se puso al día...

Andrew estaba desnudo en la habitación de al lado, mojado y enjabonado...

Me levanté de la cama y, al ver que había dejado la puerta entreabierta, llamé antes de entrar con cautela.

—¿Alguna objeción a la compañía?

Tenía la cabeza llena de champú, pero no fue ahí donde se fijaron mis ojos. Su polla estaba llena y colgaba con pesadez. Tragué con fuerza y mi polla se endureció al verlo. Se rio de mí.

—Nada que objetar. Pero tengo que salir en veinte minutos. Ya he perdido el gimnasio.

Me quité los calzoncillos, liberando mi ansiosa y ya permeable erección.

—¿De verdad?

—Sí, me desperté a tiempo, pero había un tío bueno en mi cama con sus brazos alrededor de mí y su barba apoyada contra la parte de atrás de mi oreja.

Entré en la ducha, y él no apartó sus ojos de los míos. Su autocontrol era realmente impresionante. Me rasqué la barba.

—¿Te gusta?

—Me encanta —susurró.

Me puse delante de él. El vapor llenaba el espacio entre nosotros, y recordé lo que había dicho.

—Veinte minutos, ¿eh?

O bien podía leer la mente o había algo en mi tono porque sonrió.

—Antes de que tenga que irme. No veinte minutos de ducha.

Me puse de rodillas.

—No tardaré mucho.

Gimió incluso antes de que me lo llevara a la boca. Sus dedos agarraron mi pelo y me guiaron a cómo le gustaba. Que era profundo y rápido, aparentemente. Nunca lo consideré del tipo de los que follan el cráneo, pero se metió de lleno y en pocos minutos se corrió en mi garganta. Salió de mi boca y me tiró de la cabeza hacia atrás por el pelo, para plantar su boca en la mía. Luego me puso de pie y se arrodilló para devolverme el favor. Me gustaría pensar que duré más que él, pero dudo que lo hiciera. Me dejó desplomado contra las baldosas, viendo felizmente las estrellas en el vapor, e incapaz de tener un pensamiento coherente.

Entonces cerró el agua y me lanzó una toalla con una carcajada.

—¿Estás vivo ahí dentro?

—Mmm, apenas. —Me sequé y me puse la toalla sobre la cabeza, secándome el pelo con un movimiento de sierra, dejándolo sobresalir en todas las direcciones.

Andrew estaba en el lavabo, con la toalla alrededor de la cintura, cepillándose los dientes, y se rio de mí.

—Qué buena pinta —murmuró alrededor de su cepillo de dientes.

Me coloqué la toalla sobre el hombro, quedando desnudo a su lado, y le robé el peine del mostrador. Me peiné con el pelo pegado a la cabeza, con raya a un lado, en un peinado que no se parecía a mí. Cuando Andrew terminó de lavarse los dientes y lo vio, se echó a reír.

—Mm-mm —tarareó con desaprobación. Luego me pasó los dedos por el pelo y cogió el peine, peinándolo como a él le gustaba aparentemente.

Cuando me fijé en el espejo, me lo había hecho exactamente como lo llevaba normalmente. Lo tenía afeitado por los lados, largo por arriba, y me había hecho un copete. Sin decir nada, empezó a espumar su cara con crema de afeitar y yo observé, paralizado, cómo se afeitaba. Pasada a pasada, se deshizo de la espuma blanca y de su vello, levantando y girando cuidadosamente la cara para conseguir los mejores ángulos.

Me sorprendió lo mucho que me gustó verlo hacer esto.

Me miré la barba en el espejo.

—Mmm, tal vez debería afeitarme.

Andrew se enjuagó la cara y se secó con la toalla de mi hombro. Negó con la cabeza.

—No cambies nada.

—Te gusta mi barba, ¿no?

Sonrió, casi con timidez.

—Sí, me gusta. Nunca había pensado en hombres con barba antes de conocerte, pero sí, sí.

Me miré de nuevo en el espejo.

—Sin embargo, necesito recortarla.

—Recortarla está bien; no afeitarla.

Sonreí ante su tono.

—Suena como una orden.

Cuando me di la vuelta, me estaba mirando el culo desnudo. Cuando se dio cuenta de que le había pillado mirando, se encogió de hombros sin disculparse.

—Podría acostumbrarme a esta vista cada mañana.

Señalé con la cabeza hacia la ducha.

—Podría acostumbrarme a las mamadas en el baño cada mañana.

Se rio mientras salía con su bata de andar por casa.

—Esas también.

—Oye, ¿puedes prestarme un poco de pasta de dientes? —pregunté.

—Claro, pero desde luego no quiero que me la devuelvas. —Se detuvo, a punto de quitarse la toalla de la cintura. Frunció el ceño—. Creía que tenía un cepillo de dientes de repuesto, pero no lo encuentro, así que supongo que no lo tengo.

—Creía que habíamos decidido que era demasiado pronto para los cepillos de dientes —dije medio en broma, medio en serio. Levanté el dedo—. Esto servirá hasta que llegue a casa. —Me eché un chorro de pasta de dientes en el dedo índice y me cepillé burdamente los dientes con él. Me enjuagué y escupí en el lavabo—. Mejor que unos dientes sucios.

—Es cierto —dijo Andrew. Ya se había puesto la ropa interior, pero tuve el inmenso placer de ver cómo se ponía unos pantalones azules y una camisa blanca de negocios. Mientras se abotonaba la camisa, me sonrió—. ¿Sólo vas a mirar?

—Sí.

—¿No te vas a vestir?

Todavía estaba desnudo.

—Sólo si tengo que hacerlo.

—No me opongo... —Él paseó sus ojos por mi cuerpo—. ...en absoluto. Pero el público en general podría no apreciar la vista.

No tenía ropa limpia que ponerme, así que, encogiéndome de hombros, asalté su armario. Encontré unos pantalones negros viejos, a los que les subí el bajo para que parecieran de mi talla.

—Tendrás que pensar que voy en plan comando todo el día —le dije. Él gimió y yo sonreí mientras sacaba una camiseta rosa del fondo de su pila de camisetas bien dobladas.

—Nunca me he puesto esa camiseta —dijo—. Mi madre me la compró el año pasado. —Me miró de arriba abajo—. ¿Cómo haces para que esa ropa se vea tan bien? Nunca me la habría puesto junta.

Saqué uno de sus chalecos grises de punto de una percha y se lo entregué.

—¿Con estos pantalones? —me miró como si hubiera perdido la cabeza.

—Sí.

Murmuró algo que no pude entender bien, pero de todos modos se puso el chaleco sobre la cabeza. Asentí con aprobación y le di la vuelta para que pudiera verse en el espejo.

—Oh, no está mal.

—¿No está mal? Eso es jodidamente caliente. —Le pasé una mano por el cuello y lo atraje para darle un beso. Pasé mi otra mano por su culo y lo atraje contra mí, levantando su pierna alrededor de mi cadera, y hundí mi lengua en su boca.

Cuando terminé de besarlo, se quedó de pie, aturdido, algo asaltado y muy borracho de besos. Sonrió perezosamente.

—Vaya.

Me reí de él.

—Ahora también puedes pensar en eso todo el día.

Se ajustó lentamente su polla.

—Gracias.

—De nada. —Recogí mi montón de ropa del suelo de su habitación—. Vamos, o llegarás tarde al trabajo.

Miró la cama desordenada, luego volvió a mirarme y se lamió los labios.

—Estoy considerando llamar diciendo que estoy enfermo.

Me reí de él.

—No, no lo harás. No me haré responsable de tu falta de productividad.

Pasó junto a mí hacia la puerta.

—Si nos quedamos aquí, podríamos ser muy productivos.

Ahora fui yo quien tuvo que ajustarse la polla, lo que afortunadamente no vio. Estoy bastante seguro de que si lo hiciera, no saldríamos de su casa en breve. Cuando bajé las escaleras detrás de él, estaba sentado en el sofá poniéndose los calcetines y los zapatos, y cuando terminó, recogió la bolsa de papel que había dejado allí la noche anterior.

Deslizó los libros que le había comprado y suspiró.

—Gracias de nuevo por comprarme estos. Bueno —

corrigió—, el de cocina no tanto, pero éste... éste me encanta. —Se quedó mirando el libro ¿*Sueñan los androides con ovejas eléctricas?* que le había comprado. Entonces levantó la vista hacia mí—. Y gracias por no ir a casa anoche, por no abandonarme.

—De nada.

Se levantó y se acercó para ponerse delante de mí. Me miró a los ojos y me dijo:

—Te prometo que hablaré contigo. No te dejaré fuera.

Era diferente escuchar sus inseguridades a la luz del día. No sabía por qué, pero hablar de esas cosas en cuartos oscuros parecía mucho más fácil. Me avergonzaba un poco cuando sacaba el tema ahora. Supuse que era la ironía de mi petición de comunicación abierta.

—Gracias.

—Realmente desearía no tener que ir a trabajar hoy —susurró.

—Yo también —respondí con sinceridad—. Pero le dije a Emilio que le ayudaría esta mañana, y media tarde, Lola me va a llevar a otra universidad en un último esfuerzo por encontrar a Yanni.

Me miró con los ojos entrecerrados.

—¿Media tarde?

—En la tarde. Es una franja horaria australiana para referirnos a esta tarde.

—Oh.

—Pero es más una palabra, como esta mediatarde.

Se rio y cogió las llaves y la cartera. Abrió la puerta principal.

—Dime, ¿los australianos decís *caramba*?

Pasé por delante de él.

—No. Como regla general. Nunca.

Caminamos hacia su coche.

—¿Qué tal *bonito día, amigo* en lugar de *hola*?

—Siempre. Pero normalmente sólo *bonito día* o *amigo*. Podemos decir *bonito día, ¿cómo lo llevas?* o también *hola, amigo*. Generalmente no mezclamos en la misma frase *bonito día* con *amigo*. A veces, pero no siempre, a no ser que te estés cachondeando.

—¿Así que hay que hacerse una lobotomía para ser australiano?

Lo miré fijamente por encima del techo de su coche.

—Estoy realmente ofendido.

Se rio.

—No, no lo estás.

Se subió al asiento del conductor y yo al del pasajero.

—Estoy ofendido, te haré saber. Igual que me ofende que no me hayas servido té verde esta mañana.

Sacó el coche a la calle pero me miró con cautela.

—Podría comprar algo.

Alcé mi cara orgullosamente.

—¿Y el desayuno? ¿Dónde estaba?

—Um, bueno era tarde, y ya me perdí el gimnasio.

—El batido de proteínas que me tomé en la ducha estuvo bien y todo, pero no es suficiente para seguir adelante.

Soltó una carcajada y sus mejillas se tiñeron de rosa.

—Dios mío, Spencer.

—¿Eso te avergüenza?

Me miró fijamente mientras conducía y trató de no sonreír, pero no lo consiguió.

—Un poco, sí.

—Y ahora estás pensando en lo que hicimos en la ducha, ¿no?

—No lo hacía —dijo. Se movió en su asiento—. Pero ahora sí.

—Y ahora también estás pensando en que voy sin ropa interior, ¿no?

Me lanzó una mirada fulminante, pero volvió a mirar a la carretera y tragó saliva.

—No.

—Estoy seguro que sí.

Se retorció en su asiento.

—Te odio.

Le sonreí.

—No, no es así. —Cogí su mano libre y le besé el dorso—. Lo siento.

—Realmente no lo sientes.

—No, la verdad es que no. —Los dos sonreímos, y mantuve su mano en mi muslo—. Pero prometo hablar de otra cosa durante el resto del viaje.

—Debería haberte hecho coger el autobús. —Me apretó la mano—. Pero quizás un cambio de tema en la conversación sería una buena idea.

Suspiré.

—¿Qué vas a hacer esta noche?

—Bueno, iba a ir a ver a mi novio, pero está siendo un poco idiota. Seguro que quiere que vaya a trabajar con una semierección.

Me reí a carcajadas.

—¿Sigues pensando en que voy sin ropa interior?

Gimió.

—Te odio.

—No, por supuesto que no.

Se rio.

—No, no lo sé. Pero estaba pensando que probablemente vaya al gimnasio esta noche. ¿Podemos hacer algo mañana por la noche?

—Por supuesto. Oh, mañana por la noche, tengo que invitar a todos a cenar como agradecimiento por ayudarme cuando ese chico caliente que realmente me gustaba iba a salir corriendo. —Negué con la cabeza—. Dios, ¿eso fue hace sólo una semana?

Me apretó la mano.

—Lo sé. Es difícil de creer, ¿no? Y para que conste, nunca fui a salir corriendo.

Volví a besar sus nudillos antes de volver a poner su mano en mi muslo.

—Pero entonces, este fin de semana eres todo mío, así que no hagas planes.

Su sonrisa era presumida.

—Soy todo tuyo, ¿verdad?

Podía ver la tienda de Emilio más adelante, así que sabía que no tenía mucho tiempo.

—Sí, así es. Dijimos que llegaríamos a este fin de semana antes de turnarnos para follarnos hasta caer exhaustos, ¿recuerdas?

Los ojos de Andrew se abrieron de par en par y se sonrojó.

—Claro.

—Pensé que podías follarme todo el día del sábado, luego el domingo me toca a mí tenerte.

Su respiración era aguda y le costó cambiar de carril. Sin decir una palabra, se detuvo frente a la tienda de Emilio, y empujé su mano sobre mi polla cada vez más gruesa y susurré:

—Sólo de pensarlo... —Gemí—. Voy a tener que subir y ocuparme de esto.

Hizo un ruido de queja en el fondo de su garganta y se retorció. Retiró la mano.

—Te odio.

Me reí mientras me inclinaba hacia él y le besaba la mejilla.

—No, no es así. —Salí del coche y lo vi marcharse y todavía me reía mientras entraba en la tienda de tatuajes.

—Oye tío, pareces demasiado feliz para esta hora del día —dijo Emilio.

—Dame diez minutos para dejar esta ropa sucia —le dije, levantando mi paquete de ropa de ayer—. Luego haré una carrera para traer el desayuno. ¿Qué te parece?

—Suena muy bien —dijo.

Pasé por la parte de atrás de la tienda y subí a mi piso de arriba. No era sólo para dejar la ropa sucia. No bromeaba cuando le dije a Andrew que tendría que desahogarme, y tardé dos minutos en llegar al clímax a pesar de que ya me había corrido una vez esa mañana. El mero hecho de pensar en el sexo con él me aceleraba. Cuando me limpié y me despejé, le envié un mensaje a Andrew. *Enhorabuena, acabas de protagonizar mi sesión de pajas más rápida.*

Su respuesta llegó cuando iba a desayunar.

Leí tu texto y casi estrellé el coche.

Marqué su número.

—¿Estás bien?

Se rio.

—Sí, estoy bien. Pero todavía te odio.

Sonreí al teléfono.

—No, no es así.

Su voz era mucho más suave cuando respondió.

—No, realmente no te odio.

CAPÍTULO DOCE

—MÍRATE, todo sonriente —dijo Lola con una sonrisa—. ¿Supongo que tú y Andrew...? —se interrumpió de forma sugerente y movió las cejas.

Levanté la vista de los pedidos de entrega que estaba marcando en las facturas.

—Andrew y yo tuvimos nuestra primera pelea.

Se detuvo, y su sonrisa se convirtió en una mirada de confusión.

—¿Qué?

—Bueno, supongo que fue una pelea. Fue una especie de... no estoy seguro, para ser honesto.

—¿Pero lo habéis arreglado?

—Oh, sí —respondí, asintiendo lentamente—. Las relaciones son raras.

—¿De qué se trató?

Me lancé a contar cómo fue toda la noche, desde que vi a Lance en la librería hasta que me bajé del taxi y me negué a dejar que Andrew se fuera.

Gabe asintió con simpatía.

—No podría decirte cuántas veces he tenido que ir a

perseguir a Lola porque estaba cabreada conmigo y no quería hablar de ello.

—Demasiado cabreada para hablar —enmendó ella no tan suavemente.

—Es lo que son las relaciones —dijo Gabe—. Raras, difíciles y con mucho trabajo.

—Haces que parezca algo laboral —respondió ella—. ¿No vale la pena?

Gabe le sonrió y le dijo:

—Lola, mi dulce amor, soportaría la ira del infierno eterno a cambio de un solo día contigo.

Le sonrió y luego me miró a mí.

—¿Ves? Eso es lo que nos gusta llamar una respuesta correcta. —Le dio a Gabe un beso en la mejilla y me puso en las manos un kit de maquillaje—. ¿Estás listo?

—Sí. —Luego modifiqué—: Estoy listo para que me lleves a buscar a ese tal Yanni. No estoy listo para morir en un coche llamado Cindy Crawford.

Lola me fulminó con la mirada.

—He oído que los autobuses son puntuales.

Me reí y me dirigí a la puerta.

—Andrew dijo algo parecido esta mañana.

LA ACADEMIA de Actuación y Cine de Pol era pequeña, y si la primera escuela parecía una universidad, ésta parecía más bien una oficina de un departamento gubernamental o incluso una clínica de salud. Era más antigua, claramente tenía menos o ninguna financiación, o posiblemente podría haber sido una clase dirigida por voluntarios. Incluso llevando los viejos pantalones de Andrew y una simple camiseta, iba demasiado vestido. Si Yanni había dejado la primera universidad por esta, fuese cual fuese el motivo, no podía ser bueno.

El tamaño y la administración tenían una cosa a mi favor: tratar de encontrar a alguien no debería ser difícil.

Después de echar un vistazo rápido, encontré una lista de clases en la pizarra de la zona principal de administración. No había nombres de alumnos, por supuesto, pero sí de profesores y los nombres de las clases y los horarios en que se impartían. Me quedé esperando mientras los estudiantes entraban y salían, y clase tras clase terminaban, pero no vi a nadie que se pareciera a él. Cuando llevaba unas horas allí, uno de los estudiantes -un joven de unos dieciocho años con el pelo largo y agujeros en las zapatillas- se apiadó de mí.

—Pareces perdido —me dijo.

Le di mi mejor sonrisa amistosa.

—En realidad estoy esperando a alguien. Ni siquiera estoy seguro de estar en el lugar correcto.

Miró a su alrededor.

—Bueno, esto es la Academia de Pol, y es todo lo que hay. No es como si pudieras perderte aquí.

Me reí y actué un poco nervioso.

—¿Conoces a un Yanni Tomaras?

El chico me miró por un segundo.

—Sí, creo que sí.

Me senté y suspiré, dando mi mejor impresión de alguien que está feliz de sentarse y esperar.

—Bueno, al menos estoy en el lugar correcto.

Entonces el chico llamó a otra persona.

—¿Oye, Gary? ¿Has visto a Yanni hoy?

El chico llamado Gary respondió:

—No, todavía no. Tiene clase a las cuatro para las improvisaciones, creo.

Consulté mi reloj. Eran las dos y media.

—Perfecto —dije—. Gracias.

—Claro que sí —dijo el primer chico mientras salía con su grupo de amigos, aparentemente sin pensar en mí mientras salían discutiendo la clase que acababan de terminar.

Así que esperé.

Y efectivamente, a las cuatro menos cinco entró un chico que coincidía con la descripción de Yanni. Era él. Tenía que serlo. Alto, de piel aceitunada y ojos verdes, bien parecido, a pesar de la tristeza de sus rasgos. Estaba a punto de ponerme de pie y acercarme a él cuando una chica dijo su nombre. Yanni. Se giró y entablaron una pequeña charla mientras entraban en un aula.

Así que lo había encontrado. No había sido estrictamente difícil, y me preguntaba qué era lo que pasaba con Lance.

¿Era realmente tan despistado? ¿O simplemente quería que alguien le hiciera el trabajo sucio?

¿O tenía que estar completamente fuera de la red porque había tenido órdenes de alejamiento contra él? Realmente no tenía ni idea.

En cualquier otro trabajo, habría llamado a mi cliente de inmediato y le habría dicho que había establecido contacto o incluso una actualización general, pero llamar a Lance era lo último que pensaba hacer. No hasta que hablara con Yanni primero.

Y justo a las cinco, los estudiantes salieron en fila de las aulas, Yanni estaba en la cola. La mayoría de los demás estudiantes se habían ido cuando él salió solo.

—¿Yanni? —Lo llamé por su nombre.

Se detuvo, bruscamente, de repente. Casi dio un paso atrás.

—¿Quién quiere saberlo?

—Alguien me pidió que te encontrara —dije—. Sólo para ver si estabas bien. Estaba preocupado.

Negó con la cabeza, pero pude ver que miraba las puertas de salida a la calle.

—¿Quién?

—Lance Nader.

Yanni se puso blanco; el color se le fue literalmente de la cara. Y supe, sin un ápice de duda, que se trataba de Lance.

—No es tu padre —murmuré—. Es él.

Su voz se quebró en un susurro apenas audible.

—¿Cómo me has encontrado?

—Me pidió que te localizara —dije. Yanni parecía a punto de vomitar. Levanté las manos—. No, no. No lo sabía. Me mintió. Todo lo que dijo era mentira.

—¿Sabe dónde estoy?

—No.

Negó con la cabeza. Estaba llorando, sudando de repente y ahora con un tono verde. Hablaba más para sí mismo que para mí.

—No puedo permitirme el lujo de trasladarme de nuevo. Dejé mi trabajo. Tuve que hacerlo. Me mudé, no tengo dinero. Si me ha encontrado...

Negué con la cabeza y alargué la mano para tocar su brazo, pero me detuve. De todos modos, se estremeció.

—No lo creo. Jesús, lo siento. No tenía ni idea. Me dijo que estaba preocupado por tu bienestar. Me dijo que pensaba que tu padre era abusivo. Pero fue él, ¿no? Ese imbécil.

Yanni se rio, sonó a un compás de la locura.

—¿Mi padre? —Negó con la cabeza, pero entonces pareció que las palabras le fallaban. Empezó a respirar de forma errática, y un fino sudor cubría ahora su rostro aún pálido. Si me preguntaban por qué no corría, era porque dudaba de su capacidad para respirar correctamente en ese momento.

No podía dejarle sin más. Tenía un ataque de pánico porque el imbécil de su ex novio era el maltratador. Sabía que algo andaba mal con ese idiota. Debería haber confiado en mis instintos y haberle mandado a la mierda a los dos minutos de nuestro primer encuentro. En lugar de eso, encontré al pobre chico y arruiné su débil intento de una nueva vida.

—Yanni, tienes que entender. Yo no lo sabía. Me mintió.

—¿Te... te ha hecho daño? —preguntó en un susurro sibilante.

—No, conmigo no es así. Yanni, ¿hay alguien a quien pueda llamar por ti?

Se llevó la mano al corazón y volvió a sacudir la cabeza.

—No... Estaré bien —dijo luchando por respirar.

—No te dejaré hasta que sepa que estás a salvo —le dije—. ¿Qué tal si nos sentamos y recuperas el aliento? Yo esperaré contigo.

No estaba exactamente de acuerdo conmigo, pero desde luego no se opuso. Le señalé un banco de la sala de espera y asintió antes de acercarse y caer sobre él. Apoyó la cabeza en las manos y me senté a su lado, esperando a que se recompusiera lo mejor posible.

—¿No sabe dónde estoy? —volvió a preguntar—. ¿Por qué me encontró?

—No. Él no sabe dónde estás. No le he dicho nada porque es muy turbio. Me pidió que te buscara. Me dijo que estaba enamorado de ti y que estaba preocupado, pero nunca le dije nada porque tenía la sensación de que algo no iba bien con él.

Lo único que pudo hacer Yanni fue parpadear, y dudé que hubiera escuchado una palabra después de "No". Ya había tenido ataques de miedo antes y sabía que eran diferentes para cada persona, pero para mí sólo necesitaba a alguien cerca. Que no me tocara, que no me dijera que me calmara o que respirara más profundamente o que me asfixiara o que se metiera en mi espacio personal. Sólo necesitaba no estar solo. Así que eso es lo que hice con él.

Esperé hasta que estuviera listo para hablar. Si es que quería hablar. Me senté a su lado y observé a los universitarios que iban y venían, esperando que nadie se detuviera a preguntarle si estaba bien. Por suerte, nadie lo hizo.

Se me daba bien esperar a que la gente hablara primero. Realmente no esperaba que dijera lo que dijo.

—¿Te siguió hasta aquí?

—¿Qué? —dije antes de poder detenerme—. No. Bueno, creo que no. —Dios mío. ¿Con qué clase de tipo estábamos tratando realmente?

Yanni tragó con fuerza y me miró entonces. Pude ver el miedo en sus ojos.

—No puedo quedarme aquí.

—De acuerdo —dije—. ¿Dónde puedo llevarte? Dímelo y te llevaré allí.

Miró alrededor de la sala de espera común, como si estuviera sorprendido de encontrarse allí.

—Um, me estoy quedando en un albergue. Realmente no tenía otro lugar donde ir. —Parecía que se iba a poner enfermo otra vez.

—Yanni. Mi nombre es Spencer Cohen. ¿Dejarás que te lleve a un lugar seguro?

Me miró fijamente, con los ojos muy abiertos, y volvió a pasar del blanco al verde.

—¿Me llevarás hasta él?

—No, no —levanté las manos—. Jesús, no. Yanni, no tenía ni idea. Me mintió. Me pidió que te encontrara. Me dijo que estaba preocupado por tu bienestar. Me dijo que tu familia te hizo daño cuando se enteró de que estabas viendo a otro hombre.

Yanni soltó una carcajada que sonó un poco maniática.

—Bueno, eso era cierto. Pero no fue nada comparado con lo que... —Sus palabras se agotaron al caer la primera de sus lágrimas—. No tengo a nadie.

Este chico era yo. Había vivido lo mismo que yo. Sólo que yo encontré mi propia familia en Lola y Emilio. Yanni encontró un puño cerrado y Dios sabe qué más en los brazos de ese monstruo, Lance.

—Yanni, sé lo que es estar solo. Realmente lo sé. Mis padres me desheredaron, me echaron y me apartaron completamente de sus vidas cuando tenía dieciséis años. No puedo ayudarte con tu familia. Pero puedo ayudarte con Lance. Puedo asegurarme de que no estés solo. No me di cuenta de lo que significaría que te encontrara, así que por favor déjame hacer esto bien. Al menos por esta noche. Podemos arreglar algo mañana, pero esta noche no tendrás que dormir con miedo, ¿vale?

Cayeron nuevas lágrimas, como si mis palabras hubieran tocado una fibra sensible. Se restregó la cara con las manos, apretó la mandíbula y sus fosas nasales se encendieron como si intentara sacar cada gramo de fuerza que pudiera reunir de ese lugar tan profundo que la gente rara vez conoce. Y asintió. Fue el más pequeño de los movimientos de cabeza, y con ese simple gesto, sin una palabra, sin otro movimiento, estaba pidiendo ayuda.

Y esa era una fuerza que nunca había conocido.

—Vale, gracias, Yanni. Voy a llamar a mi amiga Lola. Ella vendrá a buscarnos y nos llevará a mi casa. Podemos resolver dónde ir desde allí, pero al menos no estarás aquí, ¿de acuerdo?

Apenas asintió.

Saqué mi teléfono y pulsé el número de Lola.

—Te encantará Lola. Es pequeñita, tiene el pelo rosa, bonita como una chica de poster de los años 50, pero es una amiga feroz y protectora. También conduce como una loca, baila como una bailarina, pero canta como un gato escaldado. No le digas que he dicho eso.

Recibí una pequeña sonrisa de Yanni justo cuando Lola respondió al teléfono.

—¿Spencer?

—Oye, ¿a qué distancia estás?

—Cinco minutos. ¿Todo bien?

—Más o menos. Te lo explicaré cuando subamos al coche.

—¿Nosotros?

—Encontré a Yanni y lo llevaré a mi casa. —La mirada de Yanni se dirigió a la mía, así que le cogí la mano y le di un apretón tranquilizador. Miré a Yanni—. ¿Hay una puerta de acceso trasera o algo así aquí?

Asintió, y un poco de color había vuelto a su rostro.

—Creo que sale a Union Parade —dijo.

—Lola, ¿puedes venir por atrás? Yanni cree que se llama Union Parade, pero no está completamente seguro.

—Lo encontraré. Nos vemos pronto —fue todo lo que dijo.

Hubo unos cinco segundos de silencio después de que me guardara el teléfono.

—Yanni, por favor, quiero que sepas que lo siento mucho. No quería asustarte.

Fue entonces cuando empezaron sus lágrimas.

Y parece que no pararían.

Lo cogí de la mano y lo conduje a través de lo que esperaba que fuera la parte trasera del edificio por las puertas de la escalera de incendios hasta la calle que recorría la parte trasera del edificio. Y apenas un minuto después, Cindy Crawford bajó a toda velocidad por la calle. Lola detuvo el coche, echó una mirada al chico que lloraba conmigo y no dijo nada.

Me senté atrás con él, sin saber qué más debía hacer. No

quería agobiarlo, pero tampoco quería que estuviera solo. Lola me miraba por el espejo retrovisor en lugar de mirar la carretera, y nunca sabré cómo podía conducir. Pero cuando salimos al bulevar, empezó a hablar.

Nos habló de su tarde, del trabajo, de las modelos, de los fotógrafos, de los transeúntes, de cada pequeño detalle del que normalmente no hablaría. No paraba de hablar, no estaba seguro de para qué.

Estoy bastante seguro de que Yanni no escuchó ni una palabra. Se limitó a mirar al espacio, pero sus lágrimas no cesaron. Y creo que eso fue lo que más asustó a Lola.

Las lágrimas silenciosas son las peores. Es el signo de un espíritu roto. Sin sonido, sin emociones residuales... sólo lágrimas. Lágrimas silenciosas e imparables.

Este pobre chico, en realidad sólo unos años más joven que yo, pero me parecía un niño. Indefenso, desamparado, necesitado de protección, tan vulnerable que meterse en un coche con dos completos desconocidos era una alternativa mejor que donde pensaba que Lance podría encontrarlo. No podía saber que venir con nosotros sería mejor, pero la necesidad de seguir moviéndose era una maniobra de auto-defensa arraigada. Tal vez ya no le importaba. Tal vez estaba resignado a ser entregado de nuevo al monstruo que abusó de él. No se me ocurrió nada más que hacer, pero me acerqué y le cogí la mano.

No creo que se hubiera dado cuenta.

LOLA APARCÓ en la parte trasera de la tienda de Emilio y yo llevé a un aturdido y confuso Yanni hasta mi piso. Eran las cinco y media, así que había mucha luz. Demasiada luz, de hecho, así que bajé la persiana de la ventana que daba al bulevar Abbot Kinney y le ofrecí a Yanni la silla papasan.

Le di una botella de agua y saqué la manta del salón y la puse sobre el regazo de Yanni, que en cuestión de segundos estaba acurrucado, todavía con la mirada perdida.

Me quedé allí sin saber qué decir o hacer, sintiéndome tan impotente como hace años, y ni siquiera un minuto después llamaron a la puerta. Yanni se sobresaltó, así que grité:

—¿Quién es?

—Soy Emilio —dijo la voz familiar.

Abrí la puerta y entró Emilio, seguido de Lola.

—Ha insistido —susurró ella.

Emilio me miró y luego se volvió para mirar al hombre encogido en la silla redonda frente a la ventana.

—¿Está todo bien? —preguntó en voz baja.

—Tenía razón sobre Lance —le dije, lo suficientemente alto como para que Yanni lo oyera—. Fue él.

La mandíbula de Emilio se abultó y sus fosas nasales se encendieron. Su antipatía por un hombre al que ni siquiera había conocido era evidente. Entonces Emilio se acercó y se arrodilló frente a Yanni. Habló en voz baja, como si le hablara a un niño asustado.

—Aquí estás a salvo. Spencer es un buen tipo. Cuidaremos de ti, ¿vale?

Yanni apenas asintió. Se limitó a subir la manta y cerrar los ojos. Dudo que fuera para dormir, más bien para bloquear el mundo que le rodeaba.

Emilio volvió a acercarse a mí y susurró para que Yanni no pudiera oír.

—No puede quedarse aquí.

Entonces, en el peor momento posible, llamaron de nuevo a la puerta.

—¿Quién es? —dije.

—Es Andrew. —Hubo un sonido apagado, como si estuviera murmurando algo—. Puedo volver...

Abrí la puerta. Era un espectáculo para los ojos. Dios, sólo quería rodearlo con mis brazos. Tiré de él hacia dentro e hice exactamente eso, pero estaba tenso y no me devolvió el abrazo.

Cuando me aparté, vi que miraba a Emilio y a Lola y, por supuesto, al chico extraño acurrucado en la silla papasan.

—Él es Yanni —dije suavemente—. Tenía razón sobre Lance.

Una docena de emociones cruzaron su rostro.

—Lo has encontrado —murmuró.

—Tan pronto como dije el nombre de ese bastardo, se asustó. Tuve que traerlo aquí. —Fue entonces cuando me di cuenta de que Andrew sostenía un disco de vinilo—. ¿Qué es eso?

Miró a Yanni por un momento, y luego a la portada del álbum que sostenía.

—Oh, es una tontería, en realidad. Quería conseguirte algo para pedirte perdón por lo de anoche. Es un concierto en piano grado B de "Hallelujah" de Jeff Buckley. —Se encogió de hombros—. Tuve que hacer algunas llamadas para encontrarlo... Es que creo que las flores no son muy personales, y quería pedirte perdón.

A pesar de la loca y emotiva tarde, todo lo que pude hacer fue reír en silencio, porque eso, justo ahí, era la prueba de que este hermoso hombre me entendía. Llevé mis manos a su cara y lo atraje para darle un beso.

Andrew se sonrojó ante mi muestra de afecto delante de Emilio y Lola, pero no pudo apartar los ojos de Yanni. Susurró:

—¿Está bien?

—Lo estará.

—¿Fue el novio?

Asentí.

—Nunca he visto a alguien tan asustado —susurré—. Y sólo mencioné su nombre.

Andrew asintió con tristeza.

Suspiré con fuerza.

—No sabía dónde más llevarlo. No podía dejarlo allí.

—No creo que deba quedarse aquí —dijo Emilio—. Si Lance se entera, podría venir a buscarlo, sobre todo si sabe dónde vives.

—Nunca le dije dónde vivo —respondí.

Lola frunció el ceño y preguntó:

—¿Y Gerard, tu antiguo cliente? ¿No te recomendó él a Lance? ¿Vino aquí cuando trabajaste con él?

Negué con la cabeza.

—Nunca. Quedábamos en cafés o bares. Nunca traje a ninguno de mis clientes aquí. Bueno, excepto a Andrew.

Lola me dedicó una pequeña sonrisa, aunque seguía pareciendo preocupada.

—Estoy de acuerdo con Emilio. Si Yanni pensó que Lance podría haberte seguido... —negó con la cabeza—. Spencer, ese hombre es un cabrón. No se puede saber lo que hará o dejará de hacer.

Andrew nos miró a cada uno de nosotros y luego volvió a mirar a Yanni.

—Sé dónde puede quedarse.

Negué con la cabeza.

—No se va a quedar contigo. No quiero que estés implicado en esto de ninguna manera.

Andrew negó con la cabeza y me dedicó una pequeña sonrisa.

—No. En otro lugar.

CAPÍTULO TRECE

METIMOS a Yanni en el coche de Andrew y, tras despedirnos de Emilio y Lola, éste nos condujo hacia la noche de Los Ángeles, iluminada por el neón. El lugar al que nos llevaba me resultaba familiar, y cuanto más conducía, las luces pasaban de ser de neón urbano a residenciales. Pero no cualquier residencia. No, eran las casas de los ricos y famosos. Reconocí algunos de los nombres de las calles por las películas y, al poco tiempo, Andrew se detuvo ante un gran portón e introdujo un código de seguridad. El portón se abrió y él avanzó hasta la puerta principal.

De acuerdo, entonces. Esta era una parte de Andrew de la que no tenía ni idea.

Salió del asiento del conductor y abrió la puerta de Yanni.

—Es una casa segura. Nadie entra ni sale sin un código de seguridad.

Yanni, que apenas había pronunciado una palabra desde la tarde, salió del coche. Estaba triste y serio, lo que imaginé que era agotamiento. Apenas podía mantener los ojos abiertos, y me pregunté cuánto tiempo había pasado desde que tuvo un sueño reparador.

La puerta principal de la casa se abrió.

—¿Andrew?

Me giré para ver a su madre de pie en la puerta, con un aspecto tan glamuroso como antes.

¿Esta era la casa de sus padres? *Por todos los cielos.*

Miró a su hijo y a mí, luego a Yanni antes de volver a dirigirse a Andrew.

—¿Todo bien, Andrew? —preguntó.

—No —respondió simplemente—. ¿Podemos entrar?

Se hizo a un lado.

—Por supuesto, por favor, pasad.

Andrew nos guio y nos encontramos en una gran sala de estar amueblada de forma muy costosa, ¿o era un salón? No tenía ni idea de cómo se llamaban estas habitaciones en las casas americanas. Mis padres y mi tía Marvie tenían una sala de estar formal en la parte delantera, si es que esto era así. Fue entonces cuando vi que Yanni estaba mirando a la madre de Andrew. Respiró con dificultad y miró al suelo.

—Sra. Helen Landon, es un honor increíble.

Bien, entonces estaba perdido.

—¿Conoces a su madre? —Las palabras salieron antes de que mi estúpido cerebro pudiera detenerlas.

Yanni me lanzó una mirada rápida y nerviosa.

—Lo siento. Supuse que todo el mundo la conocía. Me disculpo si estuve fuera de lugar —susurró tan malditamente roto que fue como una bofetada en la cara. ¿Qué demonios había pasado este chico?

—Está bien querido —respondió la Sra. Landon—. Todavía me reconocen.

Reconocen. Miré alrededor de la habitación y, prestando más atención, descubrí un montón de estatuas y premios sobre la repisa. Entonces recordé que Andrew había dicho algo sobre que sus padres eran "gente de teatro". Y que Yanni era estudiante de interpretación...

—Oh.

Andrew luchó con una sonrisa a mi lado, pero rápidamente volvió a ponerse serio.

—Mamá, Yanni está en peligro. Dejó una relación abusiva, pero el tío está tratando de encontrarlo. Necesitaba un lugar seguro para quedarse. Espero que no te importe.

Su madre parpadeó ante Andrew y luego se volvió hacia Yanni. Había vuelto a ponerse pálido, como si la confesión en voz alta trajera consigo una nueva oleada de recuerdos. Ella le puso lentamente la mano en el brazo y le instó a sentarse en el sofá, sentándose cautelosamente a su lado.

—No me importa en absoluto. Andrew, sé bueno y prepara una cafetera. Descafeinado, por favor.

Andrew se dio la vuelta y salió por otra puerta, y vi que era mi señal para dejar a la madre de Andrew y a Yanni un tiempo a solas. También me dio algo de tiempo para entenderlo todo. La cocina era enorme y grandiosa, como el resto de la casa, me imagino. Andrew utilizaba la cocina como si fuera la suya propia, familiarizado con dónde estaba todo.

—Me he criado en esta casa —dijo leyendo mi cara de curiosidad.

—¿Tu madre es una persona famosa? —pregunté—. No la reconocí, lo siento. Debe pensar que soy un imbécil.

Se rio en voz baja.

—Ella está en el teatro. Ha hecho algo de Broadway. —Preparó el café y, con un fuerte suspiro, dijo—: Su primer marido era un hombre horrible. Era violento y... —negó con la cabeza—. De todos modos, ella logró dejarlo. Pero nunca ha ocultado lo que pasó. Al menos no a nosotros. Nos lo contaba para que, si alguna vez nos encontrábamos en una situación similar, no tuviéramos miedo de pedir ayuda.

—Joder.

Volvió a asentir, y esta vez logró una pequeña sonrisa.

—Ella le ayudará.

Realmente no estaba muy seguro de qué decir.

—Andrew, no tenía ni idea.

En ese momento, vimos los faros de un coche a través de la ventana de la cocina. Andrew estiró el cuello para ver quién era.

—Es mi padre.

Oh. En lo que había sido un día que me daba vueltas en la cabeza, no estaba seguro de estar dispuesto a conocer al padre de Andrew.

—Oye —susurró Andrew. Me cogió la mano y esperó hasta que le miré a los ojos—. Sé que probablemente es demasiado pronto para conocer a mi padre, pero creo que hoy ha sido un día un poco fuera de lo normal, ¿no? Y ya has estado con mi madre dos veces, y eso fue bien.

—Pero es tu padre.

—¿Y?

—Es diferente —admití. No sé por qué conocer a su padre era diferente a conocer a su madre. Simplemente lo era.

Andrew lo sabía, aparentemente. Puso su mano en mi mejilla y habló con una reverencia, una seguridad que ni siquiera sabía que necesitaba.

—Es mi padre, no el tuyo. Te aceptará porque estás en mi vida. Esa es la única razón que necesita.

No tuve tiempo de responder, aunque hubiera podido hacer que a mi estúpido cerebro se le ocurriera algo remotamente digno. Una puerta se cerró no muy lejos, y alguien silbaba una melodía alegre.

—¿Andrew? —llamó un hombre, que se detuvo al entrar en la cocina por otra puerta por la que habíamos entrado. Claramente el padre de Andrew, era casi idéntico a él, aunque unos veintitantos años mayor. Rubio, guapo, con unos amables ojos azules—. He visto tu coche en la puerta —dijo poniendo su cartera y sus llaves junto al frutero de la encimera de la cocina.

—Hola, papá —dijo Andrew—. Papá, este es Spencer. Spencer, este es mi padre, Allan.

Allan Landon me tendió la mano y una cálida sonrisa.

—Ah, de quién tanto he oído hablar —dijo estrechando mi mano con firmeza.

—Spencer Cohen —ofrecí agradecido de haber podido ocultar mis nervios delante de él.

Se volvió hacia Andrew, y entonces, conociendo claramente a su hijo, frunció el ceño.

—¿Qué pasa?

—Hemos traído a alguien con nosotros —dijo Andrew—. Está en la sala de estar con mamá. Está en problemas, papá. Necesitaba un lugar seguro para quedarse, así que lo traje aquí.

La expresión de Allan se suavizó.

—Eso explica lo del café, ¿eh? Será mejor que me prepares una taza. Tráela para nosotros, ¿quieres?

Andrew le sonrió.

—Claro que sí.

Observé al padre de Andrew salir por la puerta por la que habíamos entrado, asombrado por su total aceptación y su capacidad para no pestañear ante la noticia de que había un extraño problemático en la sala de estar. Y mucho menos el nuevo novio de su hijo en su cocina.

—Así de fácil, ¿eh? —susurré.

Andrew puso su mano en mi pecho y me miró fijamente durante un largo segundo.

—Así de fácil.

Un súbito dolor en el corazón, como un hachazo en el pecho, me hizo pensar en mi propio padre. En lo sencilla que era la aceptación total en la vida de Andrew, y en cómo yo había luchado y peleado -y se me negó- por lo mismo. Sus padres lo aceptaron, se lo tomaron con calma e incluso se desvivieron por ayudar a un joven gay que lo necesitaba, mientras que mi familia había hecho exactamente lo contrario. Excepto que mis padres no habían rechazado a un extraño gay. Habían rechazado a su propio hijo.

La mano de Andrew se deslizó hasta mi cuello y me atrajo hacia un beso.

—Así de fácil —dijo de nuevo—. Justo como debería ser.

Cuando el café estuvo preparado, Andrew se detuvo al servir la quinta taza.

—Mierda —murmuró—. No hay té. Lo siento. Se me olvidó.

—El café está bien —le dije—. Estoy seguro de que sobreviviré.

Colocó las tazas en una bandeja con azúcar y crema y la llevó al salón delantero. La Sra. Landon seguía sentada junto a Yanni, y el Sr. Landon estaba sentado frente a él, con los codos apoyados en las rodillas, escuchando atentamente lo que Yanni les contaba. Yo me senté en el sofá de una plaza, y Andrew se sentó en el reposabrazos a mi lado, y escuchamos a Yanni hablar.

—Es tan cliché —dijo Yanni en voz baja—. Pero al principio era realmente encantador. Ni siquiera me di cuenta de que me había aislado. En los seis meses que estuve viviendo con él, no tuve amigos, nadie más que él. —Yanni negó con la cabeza—. Realmente fui muy ingenuo.

La Sra. Landon le puso la mano en el brazo.

—No, así es como actúan —dijo. Su voz era suave pero decidida—. La culpa es suya, no tuya.

Los ojos de Yanni se llenaron de lágrimas.

—Luego empezó a ponerse posesivo y a enfadarse si llegaba tarde. —Tragó con fuerza—. La primera vez que me pegó, había estado estresado en el trabajo, y dijo que lo sentía mucho, y yo le creí. —Se restregó las lágrimas—. Lo siento.

—No te disculpes —dijo suavemente el Sr. Landon—. Tienes derecho a llorar. Has perdido mucho. Necesitas llorar por eso.

Yanni lo miró fijamente. Como si lo acabara de descubrir. Y tenía razón, Yanni había perdido mucho. No cosas materiales, sino emocional y psicológicamente, lo había perdido todo. Y algo de esa constatación, y de cómo el Sr. Landon dijo algo tan profundo, como si fuera lo más fácil del mundo, hizo que me doliera el pecho.

De alguna manera, como si supiera lo que estaba pensando y sintiendo, Andrew tomó mi mano y la apretó. No la soltó.

—Me pagó la universidad, algo que nunca podría hacer por mi cuenta. Vivía en su apartamento carísimo. Y al principio fue emocionante, que pudiera hacer estas cosas porque no tenía dinero, ni familia —dijo Yanni. Me miró y yo asentí. Le había dicho que había perdido a mi familia y pensé que no me había escuchado. Evidentemente lo había hecho. Fue una mirada que los padres de Andrew no perdieron, y ambos vieron cómo Andrew me cogía de la mano.

—Tardó menos de doce meses en adueñarse completamente de mí —dijo Yanni. Tragó con fuerza. Le temblaba la voz, pero aun así continuó hablando—. La última vez que me pegó, juré que era la última vez. Me fui sin nada. No tenía nada. Todo lo que creía tener, era de él. Siempre fue de él. Dejé mi trabajo, dejé la escuela. Dejé el móvil que me había regalado en la mesa de la cocina y nunca volví. Me quedé en un albergue para indigentes con mi mochila y una muda de ropa. —Señaló con la cabeza la bolsa que tenía a sus pies—. Nunca pensé que fuera una persona materialista hasta que no tuve nada.

Me aclaré la garganta.

—Pero esas pocas cosas significan mucho. Son tus posesiones mundanas, y lo son todo.

Yanni asintió, y supe que todos los ojos estaban puestos en mí. Andrew volvió a apretarme la mano. Su pulgar rozó mis nudillos, un gesto tan reconfortante que me mantuvo unido a él. Sin una palabra, me mantuvo a flote junto a él en lugar de ahogarme en los recuerdos.

—Entonces me has encontrado —dijo Yanni sin dejar de mirarme.

—No tenía ni idea —le dije de nuevo—. Sabía que había algo raro con él, pero no me di cuenta, y siento mucho tener que arrastrarte a esto. —Miré a los padres de Andrew y les expliqué—: El ex novio de Yanni se puso en contacto conmigo para buscarlo. No es lo que suelo hacer, pero mintió de forma tan convincente. —Negué con la cabeza.

Yanni casi se rio.

—Es todo un personaje.

—¿Pero has vuelto a la universidad? —preguntó la señora Landon a Yanni.

Asintió con tristeza.

—Me lo quitó todo, pero no podía dejar que me quitara eso. Actuar es lo que hago. Es lo único bueno en mi vida. Dejé la Academia de Actores y empecé en la de Pol. —Se miró las manos—. No es tan venerado ni exclusivo, pero lo hago por mi cuenta, y eso es más de lo que él me dio.

La Sra. Landon levantó la barbilla y sus ojos estaban vidriosos. Le frotó el brazo.

—Yanni, ese es el signo de un verdadero actor. Uno que no abandona su oficio cuando no tiene nada. Esa es una señal segura de fuerza y empuje, y créeme, para triunfar en esta industria necesitas ambas cosas a raudales.

—No puedo volver a de Pol —dijo. Volvió a encogerse de hombros—. Si sabe que fui allí.

—Nunca se lo dije —dije con firmeza—. No le dije

nada. En realidad, cuando tuve la sensación de que no era lo que parecía, le dije que tenías un trabajo en una librería de la ciudad. Fuimos a ver si aparecía allí buscándote.

—¿Fue?

Andrew y yo asentimos.

—Sí.

Yanni asintió con conocimiento de causa, y sus ojos se llenaron de nuevas lágrimas.

—Nunca dejará de hacerlo.

—¿Se lo dijiste a la policía? —preguntó Andrew.

—Sí. Presenté una orden de alejamiento, pero no significa nada.

Así que, eso tenía sentido.

—Por eso me lo pidió a mí y no a la policía o a una agencia de detectives.

Yanni volvió a dejar su café sin tocar en la bandeja y se dejó caer en el sofá, y durante un rato nadie habló. El Sr. Landon rompió el silencio.

—Yanni, ¿cuándo comiste por última vez?

Negó con la cabeza y trató de recordar, lo que fue respuesta suficiente. El padre de Andrew se levantó.

—Voy a ver qué encuentro —dijo mientras se dirigía a la cocina.

Después de un momento, Yanni negó con la cabeza y se rio con incredulidad. Miró a la señora Landon y sus manos empezaron a temblar mientras se limpiaba la cara.

—Esto es tan surrealista. No puedo creer que esté aquí sentado a su lado, y que Allan Landon se haya ofrecido a traerme comida. No sé qué he hecho para merecer esto, ¿o hay una cámara oculta escondida en algún sitio?

Andrew resopló.

—No hay cámaras. Sólo son mis padres. Spencer dijo que necesitabas ayuda, así que te ayudé.

La señora Landon sonrió a Andrew con cariño. Puso su mano en el brazo de Yanni.

—Yanni, quiero decirte algo. Yo he estado donde tú estás. Fue hace mucho tiempo, antes de conocer a Allan. De hecho, fue Allan quien me ayudó a dejar a mi primer marido.

Yanni la miró fijamente.

Ella le sonrió.

—He conocido el miedo y la desesperanza que sientes. Ese agotamiento que sientes en tus huesos, lo he sentido. Lo superarás, si nos dejas ayudarte.

Empezó a llorar de nuevo, esas lágrimas silenciosas y desgarradoras.

La señora Landon siguió hablando:

—Estoy en la junta directiva de la Fundación Acacia. Es un centro para hombres y mujeres que pasan por lo mismo. Ayudamos a la gente a entender sus derechos legales y les ayudamos con los procedimientos policiales. Les ayudamos a recuperarse, a encontrar un lugar donde vivir y a la inserción laboral.

El Sr. Landon volvió a entrar en la habitación con otra bandeja. Algo en ella olía bien.

—Son sólo cosas que no comimos —declaró poniendo la bandeja delante de Yanni. Dudo que Yanni haya visto tanta comida en días. Parecía una mezcla de fajitas de carne, arroz y verduras con panes planos, y Yanni prácticamente la inhaló. Cuando terminó, se dejó caer en su asiento y cerró los ojos.

—Ven —dijo el Sr. Landon, poniéndose de pie, esperando que Yanni hiciera lo mismo—. Puedes dormir en la habitación de invitados, y nos ocuparemos de todo mañana después del desayuno.

Yanni recogió su mochila y siguió al Sr. Landon

obedientemente fuera de la habitación, y Andrew, su madre y yo, observamos en silencio mientras se marchaban.

Esperé a que la Sra. Landon me mirara y dije:

—Gracias.

—Hicisteis lo correcto —nos dijo a los dos—. Ya resolveremos lo que quiere hacer mañana. —Miró a Andrew durante un largo momento, no sé si porque todavía me tomaba de la mano. Pero me pareció que quería un minuto a solas con él.

—Me llevaré estas bandejas a la cocina —dije apilando tazas y platos, y me las llevé finalmente.

Puse toda la vajilla en el fregadero y me dispuse a enjuagarlo todo. Luego pensé que a la mierda y llené el fregadero con agua caliente y detergente de debajo del fregadero y lo lavé todo, y cuando acabé de fregar, me puse a secarlo también. Para entonces se me habían acabado las excusas para volver a entrar allí, pero me detuve en la puerta cuando oí que hablaban de mí.

La Sra. Landon dijo:

—... nunca mencionaste sus tatuajes. —Mi corazón sufrió un vuelco.

—No son sólo tatuajes —le dijo Andrew—. Son cicatrices. Cicatrices hechas con tinta. Las lleva para que el mundo las vea como recordatorios diarios de quién es. Y además, me gustan. Su piel no le define más de lo que la mía me define a mí.

Su madre se quedó callada por un momento, y yo contemplé la posibilidad de entrar allí. Entonces dijo:

—Es un buen hombre. Si se preocupó lo suficiente por un completo desconocido como para acogerlo, eso me dice todo lo que necesito saber.

—Lo es, mamá. Y simplemente me entiende. Supo más de mí en dos días de lo que Eli nunca supo.

—¿Qué pasa entonces? ¿Por qué estás tan preocupado

por él?

Casi atravieso la pared de yeso con la punta de los dedos, esperando que respondiera.

—Estoy tratando de no apresurarme mamá. Ya sabes cómo era con Eli.

—Spencer es diferente —dijo. No era una pregunta.

—Lo es.

—Estás enamorado de él.

Andrew no respondió. Sólo hubo silencio. Un silencio fuerte, ensordecedor, que hacía palpitar el corazón. Mi estúpido corazón casi se detuvo en mi pecho. Mis estúpidos pies estaban atornillados al suelo.

—Está escrito en tu cara Andrew —dijo su madre.

Tras el segundo más largo, respondió:

—Estoy enamorado de él.

Y por fin respiré, el alivio y la excitación e incluso un poco de miedo nervioso llenaron todo mi cuerpo. Mi sangre se calentó y corrió erráticamente por mis venas, y esas tontas mariposas revolotearon por mi garganta. Pero el sonido de una puerta cerrándose cerca puso mis pies en movimiento, y volví a la sala de estar al mismo tiempo que el señor Landon.

—Creo que ya está dormido —dijo.

Me sentí pálido y sudoroso tras escuchar la confesión de Andrew, las inseguridades sobre mi propia valía se manifestaban en rasgos físicos, pero si Andrew se dio cuenta, no lo dijo. Se puso de pie y me sonrió. No estaba seguro de lo que debía decir o hacer ahora que estábamos a solas con sus padres, pero no tuve tiempo de preguntarme por mucho tiempo. Andrew me pasó el brazo por la cintura.

—Nos pondremos en marcha, ¿no?

—Sí, haré algunas llamadas telefónicas —dijo la Sra. Landon—. Adelantándome a sus necesidades, si es que decide que le ayudemos. La Fundación le encontrará un lugar.

—¿Y si no quiere ayuda? —pregunté, sin querer hacerlo realmente.

—No podemos ayudarle si no lo quiere —dijo—. Pero está a salvo esta noche, y eso es más de lo que tenía ayer.

—Estoy realmente agradecido —les dije—. No era mi intención que nada de esto sucediera.

Andrew frotó su mano en mi espalda.

—Spencer hiciste lo correcto.

Su madre sonrió amablemente.

—¿Puedo traeros algo de comer?

—No, mamá —dijo Andrew—. Nos pondremos en marcha. Pero te llamaré mañana para ver cómo le va.

Puso su mano en la cara de Andrew.

—Gracias por traerlo aquí. Cuidaremos de él. —Luego me miró a mí—. Dijo que no quisiste dejarlo.

Afirmé.

—No podría. No tiene a nadie, y sé lo que es eso.

Miró a Andrew pero me devolvió la sonrisa.

—Eres bueno. Creo que dice mucho del carácter cuando uno se comporta de esa manera. Pero cuando se hace una bondad así cuando nadie está mirando y no hay recompensa, dice aún más. —Besó la mejilla de Andrew y le susurró—: Es un guardián.

Casi me muero ruborizado y me trago la lengua, lo que sólo hizo que me sonriera con más cariño. El señor Landon volvió a estrechar mi mano y luego abrazó a Andrew antes de volver a entrar en la cocina.

La madre de Andrew nos acompañó hasta la puerta con su gracia y elegancia habituales y esperó hasta que estuvimos en el coche. Nos despidió con la mano mientras conducíamos por el camino, y sólo cuando atravesamos las puertas de seguridad, él me tendió la mano libre para que la cogiera.

—¿Estás bien?

—Sí. ¿Y tú?

—Sí.

—Menudo día.

Me sonrió con tristeza.

—Uno raro, ¿eh?

—Sólo un poco. Um, tus padres...

—Mis padres, ¿qué?

—Son famosos, o algo así.

Me dio una risa tranquila.

—O algo así. Te dije que trabajaban en el teatro.

—No dijiste que eran famosos.

—Bueno, no son *tan* famosos. No los reconociste.

Gemí y puse la mano libre para taparme los ojos.

—Deben pensar que soy un pagano inculto. ¿Esos eran como los Oscars o los Emmys en su repisa? Creo que me moriré si lo son.

Volvió a reírse.

—Tonys. Bueno, un Tony entre otros.

Me quejé. No sabía casi nada de interpretación teatral, pero hasta yo sabía lo que era un Tony.

—Oh- Dios.

Andrew me apretó la mano.

—El pobre Yanni pensó que estaba en algún episodio de Punk'd.

—Los reconoció enseguida.

—Está estudiando interpretación teatral, así que no me sorprende.

—Agh. Tendré que disculparme.

Volvió a reírse.

—No, no lo harás. Les gustas, Spencer. De hecho, creo que les gusta que no tuvieras ni idea de quiénes eran. La prueba de que no querías estar conmigo por las conexiones familiares. Después de todo, esto es Los Ángeles, donde una de cada dos personas es un aspirante a la próxima gran estrella.

Resoplé.

—Créeme, no sé actuar ni cantar.

Me sonrió mientras conducía.

—Les gustas tal y como eres.

—Son personas extraordinarias.

—Lo son. Hacen un buen trabajo de caridad y recaudación de fondos. La Fundación Acacia es una idea de mi madre.

Suspiré y me recosté en mi asiento. Mi cabeza seguía nadando. Este día había sido una docena de emociones repetidas. Andrew fue a un autoservicio y nos compró hamburguesas y patatas fritas, y al ver que la tienda de Emilio estaba cerrada y las luces apagadas, subimos directamente a mi piso. Nos tumbamos en el sofá y devoramos nuestras hamburguesas. Yo gemí después del primer bocado.

—Dios mío, esto es comida para el alma.

Se rio.

—Las grasas saturadas tienen propiedades curativas —dijo metiéndose unas patatas fritas en la boca.

Cuando terminé, mientras limpiaba mi piso, mi refugio seguro, y tenía la barriga llena de comida, mis pensamientos volvieron a Yanni. Andrew trajo su botella vacía a la cocina.

—¿Por qué el ceño fruncido? —preguntó en voz baja.

—Sólo pensaba.

—¿Sobre Yanni?

Asentí.

Andrew me rodeó con sus brazos y me abrazó con fuerza. Nunca sabré cómo sabía lo que necesitaba en el momento en que lo necesitaba, pero enterré mi cara en su cuello.

—Nunca había visto a alguien tan asustado —murmuré

—. Se quedó petrificado.

Andrew se echó hacia atrás y me pasó el pulgar por un lado de la cara.

—Te viste en él, ¿verdad?

Lo miré fijamente. Me sentí desnudo, sin piel y sin defensas. Pero asentí.

—Sí.

Me besó entonces, con fuerza y suavidad al mismo tiempo, con un fervor feroz pero suave. Sabía a sal de las patatas fritas que había comido, pero había emoción en su lengua, en sus manos, en la forma en que me besaba. Y cuando se retiró para respirar, sus ojos eran oscuros, y no había ninguna duda –ningún titubeo- de lo que quería.

Yo también lo quería. Quería que me llevara a la cama, que estuviera dentro de mí. Quería sentir el poder y la emoción de todo su cuerpo. Quería sentirme conectado a él de todas las formas posibles.

Entonces recordé...

Oh, joder. Me reí y puse mi frente en su mejilla.

—Oh, no vas a creer esto.

Me miró confundido.

—¿Qué?

—Iba a comprar condones hoy de camino a casa. Pero entonces sucedió todo el asunto de Yanni y me olvidé. —Suspiré como si el universo hubiera conspirado contra mí—. No tengo ninguno aquí.

Andrew me sorprendió riéndose.

—¿Sabes qué?

—¿El mundo me odia?

Me besó con labios sonrientes.

—Bueno, eso también. Pero vayamos a la cama de todos modos. No para sexo, sólo para ir a la cama. Hoy ha sido... bueno, hoy ha sido... agotador.

Suspiré.

—Seguro que sí.

Al apagar las luces, vi el disco de vinilo que había traído cuando apareció antes. Me había olvidado de él. Lo cogí lentamente y lo miré. Era literalmente una docena de mis canciones favoritas tocadas al piano. El regalo más perfecto del chico más perfecto, que hacía poco tiempo había confesado a su madre que estaba enamorado de mí. Una confesión que todavía tenía que procesar.

—Andrew —tragué con fuerza—. Yo... —incapaz de pensar, incapaz de hablar, sólo negué con la cabeza.

Me cogió la mano y se apoyó en mí.

—Lo sé —susurró—. Spencer, lo sé.

Y con eso, me llevó a la cama.

Nos desnudamos hasta quedar en la ropa interior y nos tumbamos en la oscuridad apenas iluminada. Apoyó su cabeza en mi pecho y tiró de mi brazo alrededor de su hombro, donde tomó mi brazo y lo inspeccionó.

—¿Qué significa este tatuaje? —me preguntó.

En mi antebrazo izquierdo había seis rosas, dibujadas exactamente enfrente de los cuervos del brazo derecho. Le expliqué que las rosas eran por cada año que la tía Marvie me había acogido. Encima de las rosas estaban las palabras "The Impossible Dream", su canción favorita. Le expliqué que las cinco estrellas en forma de Cruz del Sur eran por Australia, y que la brújula era para recordarme la dirección en la que iba.

Respondía con suaves besos en mi pecho desnudo de vez en cuando, y cuando estaba demasiado cansado para hablar, tarareó mi canción favorita, "Hallelujah". Y aunque no podía estar seguro, creo que rozó con sus dedos mi pecho como si fuera un piano, hasta que me quedé dormido.

Y sin mi consentimiento, con mis defensas en ruinas, mientras mi cerebro dormía, mi estúpido corazón fue y cayó de cabeza en el amor.

CAPÍTULO CATORCE

ME DESPERTÉ cuando Andrew se arrodilló en la cama y me dio un beso de despedida.

—Tengo que ir a casa, coger mi equipo y llevar mi culo al gimnasio antes del trabajo.

—Tu culo puede quedarse aquí —dije apenas siendo capaz de abrir los ojos lo suficiente para ver que era demasiado pronto para una conversación coherente.

Se rio y me pellizcó el pezón antes de bajarse de la cama.

—No me tientes. Te llamaré más tarde. ¿Sigue en pie lo de la cena de esta noche?

Los engranajes de mi mente giraban con sueño. La cena... la cena... la cena del viernes por la noche. Yo iba a invitar a todos a cenar esta noche.

—Ah, sí. La cena. Por supuesto.

—Me pasaré después del trabajo.

—Genial. —Me di la vuelta y metí su almohada bajo el brazo y la abracé en su lugar.

—No te levantes ni nada —dijo sarcásticamente.

No abrí los ojos.

—No hay intención.

—Ya lo veo. —Volvió a subirse a la cama, completamente vestido, apretó su polla contra mi culo y me susurró al oído —. Tu misión para hoy, si decides aceptarla, es comprar unos malditos condones.

Bueno, ahora estaba despierto.

Intenté darme la vuelta y atraparlo para mantenerlo en la cama, pero saltó hacia atrás rápidamente. Mis brazos no cogieron más que aire, y caí pesadamente de nuevo sobre la cama, agotado por el esfuerzo.

—Te odio.

Se rio mientras salía.

—No, no es así.

Oí cómo se cerraba la puerta de entrada, seguida de silencio. Me quedé solo con su olor persistente y su ausencia y una sonrisa en mi cara. Y la erección matutina, gracias a su polla contra mi culo. Y un pensamiento lejano que no podía recordar del todo, un indicio, no un recuerdo, más bien una sensación, tiró de mis recuerdos.

Entonces me golpeó, como una bola de nieve en la cara, o como un brazo lleno de cachorros, no pude decidirme. El último pensamiento que tuve antes de dormirme anoche fue darme cuenta de que me estaba enamorando de Andrew.

Bueno, no yo exactamente. Mi estúpido y traidor corazón. El propio muro que había construido en torno a mi bienestar emocional, hecho de un mosaico de promesas rotas y de heridas abrasadoras, entre otras cosas diversas, había hecho aguas.

No sabía qué hacer con ello. No sabía qué hacer. Tendría que haber visto esto venir cuando decidí darle una oportunidad a todo esto de los novios. Debería haber sabido hacia dónde se dirigía.

Hacerme vulnerable era algo que juré no volver a ser.

Era una cuestión de supervivencia. Después de haber sufrido una traición incomprensible por parte de los que más quería, me prometí a mí mismo que no volvería a hacerlo.

Confiar en alguien con tu corazón era lo más aterrador que una persona podía hacer. No sólo era aterrador, era debilitante. Mi corazón empezó a latir más rápido, casi hasta llegar a un estado de pánico.

—No sé por qué te preocupas —le dije en voz alta a mi corazón—. Es tu culpa que estemos en este lío.

Entonces me di cuenta de que acababa de hablar con mi propio corazón como si estuviera sentado a mi lado, y me pregunté si mi estúpido cerebro se había vuelto loco por fin. Me clavé las palmas de las manos en los ojos, a dos segundos de llamar a la furgoneta blanca acolchada, cuando sonó mi teléfono. Me acerqué y lo cogí sólo para ver que era un mensaje de Andrew.

La farmacia de la calle está abierta. Acabo de pasar por delante.

Sonreí a la pantalla, y mi miedo disminuyó un poco. Respondí rápidamente.

No envíes mensajes de texto y conduzcas.

Estoy parado en un semáforo. ¿Ya los compraste?

Todavía estoy en la cama. Nos estamos desesperando un poco, ¿no?

No. No un poco. Mucho.

Me reí.

Es una pena que te hayas ido. Supongo que tendré que pajearme solo.

Su respuesta tardó en llegar.

Te odio.

No, no es así, respondí. Y lo que le había oído decir a su madre la noche anterior pasó por mi mente. Me quería; no me odiaba en absoluto.

Este fin de semana te mostraré cuánto te odio. Será mejor que compres al por mayor.

Me reí a carcajadas, mi crisis interior estaba casi olvidada.

Trato.

Mucho antes de lo que normalmente me levantaba, salí de la cama, me duché, me vestí y me dirigí directamente a la farmacia. Dios no quisiera que me despistara de nuevo y me olvidara de comprar los condones. Andrew nunca me lo perdonaría. Cogí el paquete más grande que tenían, luego lo pensé mejor y cogí también un segundo paquete. Le iba a exigir que cumpliera el trato. Habíamos hecho bien en llegar a este fin de semana. Tenía grandes expectativas y pocas dudas de que iba a valer la pena cada segundo.

Volví a casa y arrojé el contenido del paquete sobre mi cama. Dos paquetes de condones a granel, una botella de lubricante y un paquete de gominolas se desparramaron por las sábanas aún arrugadas. Hice una foto con mi teléfono y se la envié por correo electrónico con el mensaje:

Mi parte del trato está completa. Ahora sólo tienes que cumplir tu parte del trato.

No contestó durante una hora más o menos, y cuando mi teléfono sonó, yo estaba abajo explicando a Emilio y Daniela lo que había pasado cuando llevamos a Yanni a casa de los padres de Andrew. Saqué el teléfono y supuse, mirando el reloj, que Andrew acabaría de llegar al trabajo después del gimnasio.

¿Para qué son los dulces?

Le respondí:

Estamina. Para ti, no para mí.

Cuando volví a guardar mi teléfono, tanto Emilio como Daniela me miraban fijamente. Intenté borrar la sonrisa de mi cara. Los dos me sonrieron con cariño, como me imaginaba que los padres orgullosos mirarían a su hijo cuando fuera mayor.

—¿Qué?

Emilio negó con la cabeza lentamente.

—Estás coladito, amigo mío.

Gemí.

—Estoy tratando de no pensar en eso, muchas gracias. Tuve una pequeña crisis esta mañana, y puede que anoche escuchara a Andrew decirle a su madre que estaba enamorado de mí, y mi estúpido cerebro hizo las maletas y se fue...

—Espera, ¿qué? —interrumpió Daniela—. ¿Oíste a Andrew decir qué?

Enterré la cara entre las manos.

—Agh. No lo sé. Estoy tratando de pensar qué decirle a este imbécil de Lance. —Volví a mirar el reloj. ¿Cómo es que apenas eran las nueve?—. Ya llevo horas levantado. Normalmente ni siquiera he salido de la cama. Ni siquiera sé qué coño estoy haciendo.

Daniela puso ambas manos en mis hombros.

—Respira, Spencer.

Respiré profundamente y fue divertido. No recordaba no haber respirado, pero estaba claro que lo necesitaba. Me sentí un poco mejor.

—Claro que te quiere —dijo ella, con los ojos llenos de bondad—. Y está bien que te permitas amarlo también. Es un buen hombre, de buen corazón.

Intenté responder, objetar, pero mi comprensión de que tal vez ya lo amaba se quedó sin decir. Una cosa era admitirlo para mí mismo, pero decirlo en voz alta hacía que ese conocimiento fuera real. Como si el universo tuviera una cláusula de no devolución, como los niños en un parque infantil.

Daniela puso su mano en mi mejilla y dijo algo en español, que no entendí. Luego lo dijo en inglés:

—Te lo mereces.

Llené mis pulmones con la respiración más profunda que pude lograr y la dejé salir lentamente, tratando de evitar el inminente ataque de pánico.

—Vale —dijo Emilio, dando una palmada. Debía saber que necesitaba un cambio de rumbo en la conversación—. Vamos a discutir nuestros planes para Lance.

Lo miré, confundido.

—¿Nuestros planes?

Sonrió.

—Por supuesto, hermano. Creo que un poco de persuasión mexicana podría estar en orden.

Ahora sí que estaba perdido.

—¿Qué?

—Cualquiera que golpee a la persona a la que se supone que ama (hombre, mujer, da igual) necesita una lección sobre cómo mostrar algo de respeto. Deberíamos enseñarle a la manera mexicana.

Casi tuve miedo de preguntar.

—¿Acaso quiero saber qué significa eso? —Nunca había sabido que Emilio fuera agresivo de ninguna manera—. ¿No estarás hablando en serio de dar una paliza a este tío?

Se rio.

—Dame algo de crédito, amigo mío. Llama a Lance el imbécil. Pide una cita para verle y vamos a hacerle una visita a su trabajo, ¿vale? Haré que mis primos nos acompañen. Será divertido.

Lo miré fijamente.

Emilio extendió el puño.

—Confía en mí.

No tenía ni idea de lo que me esperaba, pero confiaba implícitamente en Emilio. Choqué mi puño con el suyo.

—Confío.

DESPUÉS DE HABER AYUDADO a Lola la mayor parte de la mañana, le dejé un mensaje a Andrew para que me llamara en su hora de almuerzo, y tres horas después sonó mi teléfono.

—Hola, ¿qué tal?

El mero hecho de escuchar su voz me hizo sonreír.

—¿Tienes noticias de tus padres? Me preguntaba cómo estaba Yanni.

—Las tengo. Hablé con mi madre antes. Dijo que estaba mucho mejor esta mañana. Creen que le han encontrado un sitio, pero mamá no quiere precipitarse. Creo que le gusta. Estaba muy impresionada con su dedicación a la actuación.

—¿Mencionó a Lance y lo que quería hacer Yanni?

—Bueno, que Lance te pidiera que lo encontraras fue un incumplimiento de las condiciones de su orden de alejamiento, directa o indirectamente. No recuerdo lo que dijo exactamente. No estaba muy dispuesto a volver a la policía, pero mi madre puede ser bastante persuasiva. —Andrew tomó aire—. ¿Puedo preguntar por qué?

—Voy a verlo.

—Oh, Spencer, no creo que sea una buena idea —empezó a decir—. Ese tío no es estable.

—Emilio viene conmigo —le dije—. Va a ser épico.

—¿Quiero que me lo cuentes?

Me reí.

—Probablemente no. Te lo contaré todo esta noche.

—Por favor, tened cuidado.

Suspiré al teléfono.

—Lo haremos. Y gracias. Por preocuparte, supongo.

Respondió con una sonrisa en la voz.

—No hay problema. Supongo.

Después de despedirnos, metí el teléfono en el bolsillo y

miré a los tres chicos que venían conmigo. Emilio y sus dos primos Ricky y Paul. Emilio era el tío más plácido, amable y familiar que conocía. Dudaba que fuera capaz de matar una mosca. Pero al verlo a él y a sus primos con los trajes negros que llevaron al funeral de su abuelo, con el pelo peinado hacia atrás y los tatuajes visibles en el cuello y en los nudillos, tuve que admitir que tenían un aspecto bastante duro.

Emilio me sonrió.

—¿Estás listo?

—Claro que sí.

—¡Esperad! —gritó Daniela—. Necesito sacar fotos. ¡Os veis muy bien!

Después de algunas instantáneas felices, nos fuimos y, en el camino a la ciudad, les conté a Ricky y a Paul lo que sabía, teniendo en cuenta que ahora nos estaban ayudando. Había concertado una cita para ver a Lance en su despacho. Su asistente personal no parecía muy contenta, pero cuando le dijo a Lance mi nombre, dijo que me vería. Puede que hubiera omitido el hecho de que iba a llevar compañía.

Emilio había pedido a sus primos que le acompañaran. Ambos fuertemente tatuados, Ricky era panadero de profesión y Paul trabajaba como conductor de mensajería, los dos eran chicos agradables que trabajaban temprano por la mañana y tenían las tardes libres. En cuanto Emilio les había pedido ayuda y les había explicado brevemente el motivo, ni siquiera dudaron.

Tuve que obligarme a no sonreír mientras entrábamos en el edificio de Lance. Llevaba mis pantalones chinos habituales, pero añadí una chaqueta, aunque dudaba que alguien se diera cuenta o se preocupara por mí. La mayoría de la gente se sorprendió de los tres hombres con aspecto de mafiosos mexicanos que me flanqueaban.

La asistente de Lance nos miró fijamente cuando nos acercamos a su escritorio.

—Spencer Cohen —le dije con mi habitual sonrisa desarmante. Emilio, Ricky y Paul se apartaron con rostros estoicos, y la pobre mujer sorprendida miró el maletín que sostenía Emilio. Contenía algunos papeles y unas cuantas revistas de tatuajes por si las máquinas de rayos X pensaban que un maletín vacío era sospechoso, pero ella no lo sabía—. Estoy aquí para una reunión a las tres con Lance.

—Por supuesto —susurró. Pulsó un botón de su teléfono—. Spencer Cohen está aquí para verlo.

—Que pase —respondió secamente.

Nos condujo hasta su puerta y el baboso Lance sonrió al verme. Se le borró rápidamente de la cara cuando Emilio, Ricky y Paul entraron detrás de mí.

Era un bonito despacho con una vista bastante decente de la ciudad, y las paredes interiores de cristal permitían que sus colegas nos vieran completamente.

Y ellos estaban mirando.

Lance seguía de pie detrás de su escritorio, yo me planté en la silla justo enfrente de él, Emilio se sentó a mi lado, y Ricky y Paul se quedaron de pie en la puerta, con sus manos tatuadas entrelazadas al frente y mirando fijamente hacia delante. Emilio dejó el maletín sobre el escritorio. Yo crucé un tobillo sobre la rodilla, con un aspecto lo más relajado posible, mientras Lance se esforzaba por sentarse en su silla.

—¿Spencer...? —Se aclaró la garganta—. ¿Qué puedo hacer por ti?

—Bonito despacho —dije asintiendo lentamente y tomándome mi tiempo para mirar a mí alrededor. Hice un esfuerzo por mirar a sus colegas que lo observaban, por si acaso no se daba cuenta de que lo estaban mirando—. He encontrado a Yanni.

El pedazo de mierda tragó con fuerza, y sus ojos se movieron nerviosos.

—¿Cómo está?

—Oh, está bien. Ahora. Está en una casa segura donde nunca se le puede encontrar.

Lance palideció. Lo sabía. Sabía que conocíamos la verdad. Negó con la cabeza.

—No es así.

—Es exactamente así —dije—. ¿Qué pensabas que iba a pasar? ¿Creías que arrastraría voluntariamente a un cordero al matadero? ¿O lo hiciste sólo para joderle la cabeza? ¿O sólo porque podías? ¿Es una cuestión de poder? ¿Es eso lo que piensas? ¿Qué habría sido más rápido atraer a Yanni de nuevo en lugar de atraer a algún otro chico desprevenido al que pudieras golpear para sentirte mejor?

Lance palideció.

—Llamaré a seguridad —dijo débilmente.

Me reí y me recosté de nuevo en mi silla.

—Así es. Lo harías. Porque eres un cobarde. Sólo un cobarde, un puto cobarde sin carácter, levantaría el puño con rabia a alguien más pequeño, más débil... —me burlé de él—. Sin embargo, gritas pidiendo ayuda cuando te sientes amenazado. Eres un pedazo de mierda sin valor.

Se quedó boquiabierto como un pez, pálido y húmedo.

Suspiré.

—La policía ha sido notificada de que has violado la orden de alejamiento que Yanni puso contra ti. Probablemente puedes esperar una visita.

Instintivamente miró por la mampara de cristal hacia los ascensores.

—Y con gusto les daré todos los correos electrónicos y mensajes de texto que me enviaste si me citan para hacerlo. Así que te diré lo que va a pasar —dije como si estuviera aburrido de todo el asunto—. Vas a olvidar a Yanni. Ni siquiera lo busques, o lo sabremos. De hecho, si alguna vez abusas de *alguien*, le haces daño físico o le jodes el bienestar mental, lo sabremos.

Lance miró a Ricky y a Paul con nerviosismo.

Ahora estaba sudando y parecía a punto de orinarse encima. No me importaba.

—Se ha demostrado psicológicamente que las personas que perpetúan la violencia doméstica tienen muy poca autoestima, inseguridades debilitantes y a veces son impotentes o tienen la polla muy pequeña. —Miré a Emilio y me encogí de hombros—. O eso leí.

Emilio asintió con seriedad.

—Creo que también lo he leído.

Fingí que tiraba de un hilo del dobladillo de mis pantalones.

—Así que, Lance, aquí es donde prometes, como el pedazo de mierda, hombre de pene pequeño que eres, que dejarás a Yanni en paz. Para siempre.

Lance asintió.

—Dilo —le pedí.

—Vale, vale —dijo.

—Bien —dije con una sonrisa—. Me alegro de que estés de acuerdo.

Emilio lo miró fijamente.

—Sabes, en México tenemos un dicho. *Lo prometido es deuda* —dijo con un acento muy marcado. Luego lo repitió en inglés—. *What has been promised, is debt.* —Miró fijamente a Lance hasta que el pedazo de mierda se retorció en su asiento—. No nos hagas venir a cobrar. Porque lo haremos.

Me levanté y Emilio también lo hizo, y Lance me siguió con lo que sólo podía suponer que eran piernas temblorosas. Le tendí la mano para que la estrechara, más en mi lado de la mesa porque no había forma de que me encontrara con este cabrón a medias en nada. Se inclinó vacilante y me estrechó la mano. Tenía la palma de la mano sudada y sin fuerza, y su rostro seguía pálido.

—Ahora, sonríe para tus colegas que están mirando. Y consigue ayuda. Por el amor de Dios. Ve a un psiquiatra que trate con imbéciles abusivos como tú.

Salimos, sonreí a la asistente con los ojos muy abiertos mientras pasábamos, y no fue hasta que estuvimos en el ascensor y se cerraron las puertas que todos rompimos a reír.

—¡Tío, has estado muy bien! —le dije a Emilio. Le di una palmada en la mano—. No nos hagas venir a cobrar —imité su voz.

Emilio sonrió con orgullo.

—Y tú diciéndole que es un pedazo de mierda, hombre de polla pequeña. —Se rio un poco más—. Perfecto.

—Dije la verdad —me defendí—. Entonces, ¿crees que ha funcionado? ¿Crees que ahora buscará a Yanni?

Emilio negó con la cabeza mientras salíamos a la acera de la ciudad.

—No, como dijiste. Ese pedazo de mierda es un maldito cobarde.

Extendí mi puño para que chocara con el suyo.

—Como dije, amigo mío, sólo dije la verdad.

AQUELLA NOCHE SEGUÍAMOS ENTUSIASMADOS, sentados en la pequeña sala de espera del salón de tatuajes. Eran cerca de las siete, Emilio había cerrado la tienda temprano, y la mesa en medio de las sillas estaba llena de una serie de contenedores de comida para llevar. Allí estaban Lola y Gabe, Daniela y Emilio, y yo. Estaba esperando a que llegara Andrew, y justo a las siete, mi teléfono sonó. Estaba en la puerta trasera. Le dejé entrar con un beso. Dejó una bolsa de viaje dentro de la puerta y pasamos a donde todos estaban charlando, riendo y comiendo. Lo arrastré al sofá junto a mí, sentados de forma que nuestros lados se tocaran, desde los hombros hasta los pies.

Cuando volvimos de nuestra pequeña visita a Lance, le envié a Andrew un mensaje para decirle que todo había salido como estaba previsto. Pero ahora le pusimos al corriente de los detalles. Daniela le pasó a Andrew su teléfono con la foto que nos habíamos tomado antes de salir, vestidos con nuestras caras de juego.

—Son ellos, bien vestidos.

Andrew miró la foto y su mirada se dirigió a Emilio.

—¿Eres tú?

Era difícil conciliar el hombre de aspecto malvado de la foto con el Emilio siempre sonriente y con cara de felicidad sentado frente a nosotros.

—Impresionante, ¿eh?

—¡Te ves *bien*! —dijo Andrew y luego, por supuesto, se sonrojó cuando todos se rieron—. No quise decirlo de ese modo.

Emilio extendió su puño para que Andrew lo chocara.

—Gracias, tío. —Luego se dirigió a Daniela—. ¿Ves? Soy guapo para todo el mundo, no sólo para las mujeres.

Y pasamos las siguientes horas hablando, riendo, comiendo y bebiendo cervezas. Emilio y Andrew hicieron concursos de dibujo, la mayoría de los cuales acabaron en carcajadas, y yo me pasé la noche con la mano en su muslo, charlando con todo el mundo, maravillado por lo perfecto que era aquello.

Andrew, el más improbable de los personajes, un empollón de habla correcta y que vestía de rombos, encajaba con este grupo de tatuados y familia dispareja como si estuviera hecho para ello.

Como si estuviera hecho sólo para mí.

No me había dado cuenta de que era tan tarde, pero cuando Andrew miró su reloj, sonrió.

—Es sábado.

Negué con la cabeza, un poco confundido.

—¿Y?

Entrecerró los ojos y me susurró:

—¿Y? Eso significa que es sábado. Y nunca especificaste hasta qué hora del sábado teníamos que esperar. Y no voy a esperar hasta el sábado por la noche. De ninguna manera.

¿Sábado?

—Oh.

Andrew se levantó.

—Gracias a todos por una gran noche —dijo—, pero ya podemos irnos.

Me reí desde donde seguía sentado en el sofá.

—Es posible que les dijera que íbamos a esperar hasta este fin de semana antes de tener sexo.

Andrew me miró fijamente, se quedó con la boca abierta y se sonrojó hasta el cuello; sus mejillas y la punta de las orejas se pusieron rojas. Cerró los ojos un segundo y suspiró con fuerza.

—Bueno, en ese sentido, sí, ahora es técnicamente el fin de semana —volvió a comprobar su reloj—, por un minuto. Así que tenemos otro lugar en el que preferiríamos estar, sin ofender.

Me reí, me puse de pie y lo abracé.

—Tu tacto podría necesitar algo de trabajo.

Andrew se encogió de hombros y esbozó una media sonrisa. Me pasó la mano por el culo.

—Estás perdiendo el tiempo.

Volví a reírme y me volví hacia nuestros amigos, algo sorprendidos.

—No parece del tipo mandón, ¿verdad?

Lola se rio y dio una palmada.

—Díselo tú, Andrew. Y Spencer, no queremos verte hasta el café del domingo por la mañana.

Andrew me cogió de la mano y me arrastró hacia la puerta trasera.

—No os preocupéis, no lo veréis —gritó, y aún podía oírles reír mientras cerrábamos la puerta tras nosotros.

Llevaba su bolsa de viaje y esperó a que le abriera la puerta. Le dejé pasar primero y le seguí dentro, donde dejó caer su bolsa y me empujó contra la puerta con su cuerpo. Me besó como nunca me había besado nadie. Era voraz, exigente y tan jodidamente caliente. Cuando finalmente retiró su boca de la mía, susurró contra mi boca:

—He esperado tanto tiempo para esto.

Mi tonto cerebro todavía estaba tambaleándose por ese beso.

—Yo también.

—Dime ahora mismo si no quieres esto —dijo, todavía empujándome contra la puerta. Su erección se frotaba contra la mía, sus ojos eran oscuros, su voz era de grava y miel.

—Te deseo, Andrew —murmuré contra sus labios—. Te quiero dentro de mí, quiero sentirte durante días.

Sentí que se estremecía mientras mis palabras recorrían su columna vertebral. Él gimió.

—Joder.

Entonces, me tomó de la mano y me llevó a mi habitación.

CAPÍTULO QUINCE

NO HABÍA ninguna duda sobre quién estaba al mando. Andrew tomó el mando y yo no tuve reparos en dejarlo. Me sacó la camiseta por encima de la cabeza y la tiró al suelo, luego me sujetó la mandíbula mientras me besaba. Él decidía el ángulo, la profundidad, el ritmo. Todo.

Me pasó la mano por el pecho hasta la cintura y abrió la bragueta. Me deslizó los pantalones por las caderas y me tocó la polla. Se tragó un gemido y murmuró:

—Túmbate.

Lo hice, y me quitó los pantalones por el dobladillo de los tobillos. Luego se quitó la camisa, pero se quedó con los pantalones puestos. Me dejó tumbado en la cama y se dirigió despreocupadamente a la mesilla de noche y buscó los preservativos y el lubricante, echando los ojos sobre mí mientras dejaba el paquete de papel de aluminio y el lubricante a mi lado.

No pude evitar fijarme en el prominente bulto de sus pantalones.

—Vas muy vestido —dije acariciándome lánguidamente.

Sonrió mientras se desabrochaba los pantalones y se los

quitaba de una patada. Estaba pálido en la habitación oscura, de pie, desnudo y perfecto, con la polla sobresaliendo orgullosamente de su cuerpo.

Se me calentó la sangre y se me apretaron las pelotas al mirar su erección, sabiendo exactamente a dónde iba a llegar... me dolía el cuerpo de deseo.

—Andrew, por favor.

Se arrodilló en la cama, se introdujo entre mis muslos y se apoyó nuevamente sobre sus rodillas.

—Creo que lo hemos dejado demasiado tiempo —murmuró—. Esto va a terminar muy rápido.

—No me importa. Sólo te quiero dentro de mí —le dije—. Tenemos todo el fin de semana para hacerlo bien, así que no te preocupes por eso.

—No bromeaba cuando dije que estarías ocupado todo el fin de semana. No pienso salir mucho de esta habitación.

Me acaricié la polla y pasé la palma de la mano por la cabeza. Andrew apartó mi mano.

—Creo que tu orgasmo es responsabilidad mía —dijo con una sonrisa mientras me agarraba.

Siseé, tratando de evitar el placer de su contacto. Entonces se inclinó y me lamió la punta antes de coger el frasco de lubricante y abrir la tapa. Se untó la mano y los dedos generosamente, y esta vez, cuando me acarició, el tacto resbaladizo trajo consigo un nuevo nivel de placer.

Luego sus dedos bajaron más. Me cogió los huevos y los apretó suavemente antes de bajar aún más. Me untó el perineo con lubricante y me pasó lentamente un dedo por el culo.

—Oh, joder. Andrew.

Introdujo su dedo dentro de mí. Sólo la punta, lo justo. Luego empujó un poco más fuerte y un poco más profundo y acarició mi polla con su mano libre mientras me follaba con su dedo.

Cuando gemí de frustración y placer, añadió otro. Al principio fue lento, pero pronto volví a empujar sobre él, necesitando más.

—Andrew por favor. Estoy listo.

Luego me llevó a su boca, chupándome mientras me follaba con sus dedos y cuando tocó algo dentro de mí, vi las estrellas. Luego lo hizo de nuevo, y otra vez, y me perdí en él. Agarré las sábanas a mi lado mientras mi orgasmo me atravesaba.

Mi mundo se silenció, la habitación se oscureció y mi cabeza dio vueltas.

Oí una leve risa antes de oír el sonido del papel de aluminio rompiéndose y la tapa del lubricante abriéndose una vez más. Entonces volvió a estar entre mis muslos, empujando mis piernas hacia arriba y separándolas más. Se inclinó sobre mí, con su cara justo encima de la mía, y con la cabeza de su polla presionada contra mi agujero, empujó dentro de mí.

Se sentía mucho más grande. Mucho más enorme. Observé con asombro cómo sus ojos se cerraban y sus fosas nasales se encendían, una imagen de tanta belleza mientras me penetraba. Pero me estaba estirando, lenta, tortuosa pero lentamente, me estaba llenando con su enorme polla, y cuando jadeé, sus ojos se abrieron de golpe.

Se quedó quieto.

—¿Estás bien? —susurró con la voz entrecortada al hablar.

—Joder —me quejé. Inhalé profundamente y respiré a través de la intrusión—. Sí. Sigue. Por favor.

Así lo hizo. Pero ahora me miraba, apoyado en sus codos, con sus manos en mi cara. Empujó hacia delante hasta que estuvo completamente dentro de mí.

—Esto —susurró con reverencia. Sus ojos no dejaron los míos—. Oh, Dios mío, esto.

Me quedé boquiabierto ante el timbre de su voz. Sin poder hacer nada más, accedí con un movimiento de cabeza.

—Esto.

Entonces se movió, empujando dentro y fuera, lentamente al principio y construyendo, más rápido y más profundo, y sus ojos se entrecerraron, y deslizó sus brazos por debajo de mí, sosteniéndome más fuerte. Sus dedos se clavaron en mi cuerpo y gritó cuando llegó sobre mí, dentro de mí.

Le agarré la cara y lo besé, hundiendo mi lengua en su boca mientras se corría. Todo su cuerpo tembló y se agitó hasta que gimió en mi boca y se desplomó sobre mí. Lo único que quedaba era su fuerte respiración y el rápido latido de su corazón contra mi pecho. Se retiró lentamente de mí, para volver a caer sobre mí. Enterró su cara en mi cuello, se acurrucó en mi barba y no se movió.

Tracé patrones en su espalda hasta que suspiró.

—La espera ha merecido la pena —murmuró.

Me reí con sueño.

—Estoy de acuerdo.

Andrew se apartó de mí y se bajó de la cama. Se fue un momento, deshaciéndose del condón, sin duda. No abrí los ojos para comprobarlo. Me limité a extender el brazo y esperar a que volviera a la cama. Cuando volvió, encajó justo contra mí, como si hubiera sido diseñado sólo para ese lugar en particular, y mi brazo lo mantuvieran allí.

—¿Quieres que te limpie un poco? —preguntó suavemente.

—Mm-mm. Nah. —Todavía no había abierto los ojos, pero tiré de él un poco más cerca—. Más tarde. Ahora dormimos.

Se acomodó pesadamente contra mí, con la cabeza apoyada en mi hombro. Su respiración pronto se estabilizó en un sueño tranquilo y profundo. Le besé la cabeza y me quedé dormido, más contento y feliz de lo que me había sentido en mucho tiempo.

ME DESPERTÉ con besos cálidos y barba rasposa sobre el hombro. Estaba tumbado boca abajo, y había un delicioso peso en mi espalda.

—Spencer, despierta.

Sonreí en mi almohada.

—¿Qué hora es?

—Las ocho.

—Pero es sábado.

—Exactamente. —Andrew pasó sus manos por mi espalda y acarició los huesos de mi cadera, dándome una sacudida de placer—. Es sábado.

Gemí, todavía medio dormido, medio excitado.

Se quitó de encima y se puso en la cama a mi lado.

—Supongo que tendré que preparar mi propio culo.

Eso me hizo abrir los ojos.

Se rio.

—Eso es lo que pensaba.

—No juegas limpio. —Entonces lo miré de verdad. Estaba muy despierto, sonriendo y jodidamente desnudo. Tenía una rodilla doblada, una mano acariciando su polla, y su otra mano desapareció hasta donde imaginé que estaba jugando con su propio culo—. Jesús.

—Me desperté con tu polla contra mi culo —dijo—. Así que esto es técnicamente tu culpa.

Solté una carcajada y me puse de espaldas, con la sábana medio desprendida. Mi erección matutina se había vuelto completamente rígida y no pude evitar palmearme.

—Aceptaré con gusto la culpa de eso. —Pero la mañana era la mañana, y necesitaba orinar. Me levanté de la cama y me estiré, dándole a Andrew una imagen completa y descarada.

Se lamió los labios y aguantó un gemido. Me reí y él frunció el ceño.

—¡Deprisa!

Me reí mientras entraba en el baño lleno de vapor.

—¿Ya te has duchado? —grité mientras me aliviaba. Nunca era fácil orinar con una erección.

—Sí. Espero que no te importe.

Me lavé las manos y la cara y volví a mi habitación. Él seguía tumbado en la cama, con su gruesa y larga polla ahora sobre su cadera. Me detuve donde estaba.

Sonrió.

—Pensé en, ya sabes, prepararme y asearme para ti.

Miré detrás de mí, como si estuviera buscando algo.

—¿Has visto al tímido Andrew en algún sitio? Parece que lo he perdido. El Andrew sexi sigue aquí, y el Andrew exigente está aquí, pero ese Andrew tímido y sonrojado parece haber desaparecido.

Se rio.

—No soy realmente tímido. A veces me siento incómodo y me avergüenzo con facilidad, pero no soy tímido. Si quiero algo, lo pido. ¿Está bien?

Me arrodillé en la cama a sus pies.

—Eso está más que bien. Así que dime lo que quieres.

—Quiero que me estires y luego me folles.

Jesucristo. Sus palabras hicieron arder mi sangre.

—Joder, Andrew —murmuré, dándole un apretón a mi polla—. Vas a hacer que me corra si hablas así.

Sonrió como si acabara de aceptar eso como un reto, pero no dijo nada. Se limitó a acariciarse despreocupadamente, esperando instrucciones.

—Date la vuelta —ordené—. Pon las almohadas bajo tus caderas.

Lo hizo, y su perfecto culo estaba encaramado y esperando. Joder. Abrí un poco más sus piernas y me arrodillé entre ellas. Puse mis manos en sus nalgas, separándolas, y acaricié con mi barba la sensible piel que rodeaba su agujero.

Tarareó con anticipación, así que dejé que mi aliento caliente bañara su entrada, sabiendo que las diferentes sensaciones sólo aumentaban la experiencia. Gimió, impaciente y deseoso.

Estaba muy excitado y le encantaba que le comieran el culo.

—Mmm, el desayuno de los campeones —dije.

Se rio contra el colchón, y fue entonces cuando lamí sobre su agujero. Su risa se atascó, estrangulada en su garganta, superada por un sonido de placer no solicitado. Se agarró a las sábanas y levantó las caderas. Entonces lo separé un poco más y deslicé mi lengua dentro de él, haciéndolo jadear y gemir.

Cuanto más lo hacía, más deseaba él, empujando hacia atrás para encontrarse conmigo, y no pasó mucho tiempo hasta que estaba empujando y enroscándose en las almohadas mientras yo le follaba el culo con mi lengua.

—Spencer, te necesito de verdad —gritó. Su voz era desesperada—. Te necesito dentro de mí. Más, necesito más.

Cogí un preservativo, me unté de lubricante y añadí más en su culo, que esperaba y estaba listo. Seguía boca abajo, con el culo elevado; su respiración era aguda y desesperada.

Me coloqué sobre él, con mi polla en su agujero y presioné suavemente dentro de él. Estaba tan caliente y apretado, tan resbaladizo y acogedor. Los músculos de sus hombros se abultaron al apretar las sábanas, pero mantuvo el culo en alto y la cabeza inclinada.

—Jóooooooooooder —gimió la palabra.

Empujé lentamente, hasta el final, y le di tiempo para adaptarse. Y para yo calmarme. Nunca había sentido esta conexión. Más emocional que física, la necesidad de mostrarle cómo me sentía era más importante que follar.

Y en ese momento, entendí lo que significaba hacer el amor. Siempre había pensado que era follar o tener sexo. La necesidad física de liberación, el impulso primario de reclamar y poseer, de dar y recibir placer.

Pero esto era tan diferente. Cada movimiento era tierno, sincronizado con su respiración. Cada empuje estaba sincronizado con mi corazón, y yo lo sostenía. Deslicé mis manos por debajo de sus hombros y lo sostuve mientras lo llenaba. Le besé la nuca, rozando con mis dientes su piel, y cuando no pude contener más la marea de placer, simplemente me dejé llevar.

Cuando mi mundo regresó a mí, todavía estaba dentro de él. Mi corazón latía al ritmo del suyo, nuestros pulsos se unían.

Me retiré lentamente pero me quedé donde estaba. Volví a besar su nuca y murmuré su nombre.

—Andrew.

—¿Estás bien? —preguntó.

Acababa de tener un momento enorme y monumental en mi vida. No sólo el reconocimiento de que estaba enamorado de él, sino el darme cuenta de que era capaz de una emoción tan poderosa, una emoción que lo abarca todo y que entrega el alma. Y que también me lo merecía. Algo de lo que años de terapia no habían logrado convencerme, Andrew lo hizo en cuestión de semanas. No es que pudiera decírselo. Al menos, todavía no.

—Estoy más que bien —respondí. Me aparté de él pero lo mantuve en mis brazos—. ¿Podemos volver a dormir ahora?

Se rio pero negó con la cabeza contra mi pecho.

—No. —Entonces se acercó, completamente contra mí, dejándome sentir su polla aún dura—. Tu trabajo no ha terminado.

Me reí.

—Fui egoísta, lo siento.

—Fue muy placentero —dijo—. No te disculpes porque eso fue bastante sorprendente.

—Pero no te has corrido.

—Todavía no, al menos.

—Me gustaría que lo hicieras.

Apretó sus caderas contra mí.

—¿Dónde?

—Donde quieras.

Andrew gimió y, separándose de mí, se puso de rodillas en la cama junto a mí.

—Abre la boca.

Sonriendo, me metí una almohada bajo el cuello, abrí la boca y aplasté la lengua, preparado para su polla. Desde luego, no perdió el tiempo, y yo no perdí ni una gota.

DORMIMOS UN POCO MÁS, nos duchamos, comimos, nos reímos. Escuchamos el álbum de conciertos en piano que me compró hacía un par de días, y Andrew se pasó un buen rato intentando averiguar cómo podríamos tener sexo en el sillón papasan. Cambió su estado en Facebook a "En una relación" y añadimos una selfie de nosotros riendo en el sofá y recibió un cuatrillón de me gusta y preguntas, pero apagó su teléfono y lo dejó sobre la mesa de café. Hablé con Peter Hannikov, mi posible nuevo cliente, y quedé en verlo el lunes. Después, mi teléfono se unió al de Andrew en la mesa de café. Andrew me llevó de nuevo al sofá y me besó el costado de la cabeza. Vimos *La Naranja*

Mecánica, acurrucados, lo que inevitablemente condujo a más sexo.

Era insaciable.

Y maravilloso.

Al final aparecimos en la tienda a la hora de la cena, pero sólo nos quedamos el tiempo suficiente para recibir unas cuantas bromas groseras a costa de nuestro sexo recién practicado y para ofrecernos a traer algo de comer. Luego, todavía riendo, Andrew me cogió de la mano y me sacó a la cálida noche de Los Ángeles.

Caminamos de la mano por la calle, y fue realmente lo más feliz y libre que recordaba haber sido. Andrew nos guio hasta el restaurante marroquí y me abrió la puerta. Zineb nos saludó con una palmada y una enorme sonrisa, como si fuéramos sus dos hijos pródigos.

—Oh, hacía mucho que no os veía —gritó—. Venid a sentaros, dejad que os sirva el té.

Desapareció, y no tardó en volver con una tetera de té verde y dos tazas. Una para mí y otra para Andrew.

—Oh, yo no bebo eso... —Andrew empezó a decir.

Zineb levantó la mano, deteniéndolo.

—Bébelo.

—De acuerdo —dijo rápidamente.

Me reí y Zineb me miró con cariño.

—Oh, mi Spencer. Mírate. Hay felicidad en tus ojos. —Miró al techo como si estuviera rezando—. Por fin. —Luego se inclinó y, cogiendo la cara de Andrew, le besó la parte superior de la cabeza—. Gracias, gracias.

Andrew se sonrojó y se encogió en su silla, pero lo único que pude hacer fue sonreír. Le sirvió un té y luego uno para mí. Cogí mi taza y esperé a que él hiciera lo mismo para poder chocar mi taza con la suya. Suspiré con alegría.

—Me gustaría comprarte algo esta noche, cuando salgamos de aquí —le dije.

—¿Ah, sí? ¿Qué será? —Dio un sorbo al té y se quedó pensativo un momento—. No estoy seguro de qué puedes regalarme que supere al tocadiscos o a los álbumes o al libro más genial jamás escrito.

—Es mejor que todas esas cosas.

Me miró como si estuviera loco.

—¿Cómo puede ser mejor que esas cosas? A no ser que hayas encontrado un ejemplar real de *Vida Sexi en Los Ángeles* contigo en la portada, no creo que sea posible.

Me reí de él.

—Estaba pensando que podría comprarte un cepillo de dientes. Ya sabes, para mi casa. —Se quedó mirando—. Sé que dijimos que esperaríamos para comprarlos. Sé lo que representa y sé que te preocupa precipitarte —añadí rápidamente. Él seguía mirando fijamente—. Pero si te parece bien, creo que me gustaría dar ese paso. Quiero decir, es sólo un cepillo de dientes.

Su sonrisa se extendió lentamente, un leve rubor tiñó sus mejillas y la calidez llenó sus ojos.

—Me gustaría.

Me sentí como si acabara de confesarle mi amor, no sólo la promesa de un estúpido cepillo de dientes. Era ridículo lo feliz y nervioso que me puse. Pero después de comer, nos dirigimos a la tienda y compramos una tarrina de helado de limón, y dos cepillos de dientes.

Uno para mí en su casa y otro para él en la mía.

~Fin

SOBRE LA AUTORA

N.R. Walker es una autora australiana a la que le encanta su género, el romance gay. Le encanta escribir y pasa demasiado tiempo haciéndolo, pero no lo haría de otra manera.

Es muchas cosas: madre, esposa, hermana, escritora. Tiene chicos muy, muy guapos que viven en su cabeza, que no la dejan dormir por la noche si no les da vida con palabras.

A ella le gusta cuando hacen cosas sucias, muy sucias... pero le gusta aún más cuando se enamoran.

Solía pensar que tener gente en su cabeza hablándole era raro, hasta que un día se encontró con otros escritores que le dijeron que era normal.

Ha estado escribiendo desde entonces...

TAMBIÉN DE N. R. WALKER

Español

Sesenta y Cinco Horas (*Sixty Five Hours*)
Código Rojo (*Atrous Series 1*)
Código Azul (*Atrous Series 2*)
Queridísimo Milton James (*Dearest Milton James 1*)
Queridísimo Malachi Keogh (*Dearest Milton James 2*)
El Peso de Todo (*The Weight Of It All*)
Tres Muérdagos en Raya (*Hartbridge Christmas Series #1*)
Lista de Deseos Navideños: (*Hartbridge Christmas Series #2*)
Spencer Cohen, Libro Uno

Títulos en inglés

Blind Faith
Through These Eyes (Blind Faith #2)
Blindside: Mark's Story (Blind Faith #3)
Ten in the Bin

Gay Sex Club Stories 1
Gay Sex Club Stories 2
Point of No Return – Turning Point #1
Breaking Point – Turning Point #2
Starting Point – Turning Point #3
Element of Retrofit – Thomas Elkin Series #1
Clarity of Lines – Thomas Elkin Series #2
Sense of Place – Thomas Elkin Series #3
Taxes and TARDIS
Three's Company
Red Dirt Heart
Red Dirt Heart 2
Red Dirt Heart 3
Red Dirt Heart 4
Red Dirt Christmas
Cronin's Key
Cronin's Key II
Cronin's Key III
Cronin's Key IV - Kennard's Story
Exchange of Hearts
The Spencer Cohen Series, Book One
The Spencer Cohen Series, Book Two
The Spencer Cohen Series, Book Three
The Spencer Cohen Series, Yanni's Story
Blood & Milk
The Weight Of It All
A Very Henry Christmas (The Weight of It All 1.5)
Perfect Catch
Switched
Imago
Imagines
Imagoes
Red Dirt Heart Imago
On Davis Row

Finders Keepers
Evolved
Galaxies and Oceans
Private Charter
Nova Praetorian
A Soldier's Wish
Upside Down
The Hate You Drink
Sir
Tallowwood
Reindeer Games
The Dichotomy of Angels
Throwing Hearts
Pieces of You - Missing Pieces #1
Pieces of Me - Missing Pieces #2
Pieces of Us - Missing Pieces #3
Lacuna
Tic-Tac-Mistletoe - Hartbridge Christmas Series #1
Christmas Wish List - Hartbridge Christmas Series #2
Bossy
Dearest Milton James
Dearest Malachi Keogh
Code Red - Atrous Series #1
Code Blue - Atrous Series #2
Davo

Títulos en Audio

Cronin's Key
Cronin's Key II
Cronin's Key III
Red Dirt Heart
Red Dirt Heart 2

Red Dirt Heart 3
Red Dirt Heart 4
The Weight Of It All
Switched
Point of No Return
Breaking Point
Starting Point
Spencer Cohen Book One
Spencer Cohen Book Two
Spencer Cohen Book Three
Yanni's Story
On Davis Row
Evolved
Elements of Retrofit
Clarity of Lines
Sense of Place
Blind Faith
Through These Eyes
Blindside
Finders Keepers
Galaxies and Oceans
Nova Praetorian
Upside Down
Sir
Tallowwood
Imago
Throwing Hearts
Sixty Five Hours
Taxes and TARDIS
The Dichotomy of Angels
The Hate You Drink
Pieces of You
Pieces of Me
Pieces of Us

Tic-Tac-Mistletoe
Lacuna
Bossy
Code Red
Learning to Feel
Dearest Milton James
Dearest Malachi Keogh
Three's Company
Christmas Wish List

Lecturas Gratuitas:

Sixty Five Hours
Learning to Feel
His Grandfather's Watch (And The Story of Billy and Hale)
The Twelfth of Never (Blind Faith 3.5)
Twelve Days of Christmas (Sixty Five Hours Christmas)
Best of Both Worlds

Otras Traducciones

Italiano

Fiducia Cieca (Blind Faith)
Attraverso Questi Occhi (Through These Eyes)
Preso alla Sprovvista (Blindside)
Il giorno del Mai (Blind Faith 3.5)
Cuore di Terra Rossa Serie (Red Dirt Heart Series)
Natale di terra rossa (Red dirt Christmas)
Intervento di Retrofit (Elements of Retrofit)
A Chiare Linee (Clarity of Lines)
Senso D'appartenenza (Sense of Place)
Spencer Cohen Serie (including Yanni's Story)

Punto di non Ritorno (Point of No Return)
Punto di Rottura (Breaking Point)
Punto di Partenza (Starting Point)
Imago (Imago)
Il desiderio di un soldato (A Soldier's Wish)
Scambiato (Switched)
Galassie e Oceani (Galaxies and Oceans)
The Hate You Drink

Francés

Confiance Aveugle (Blind Faith)
A travers ces yeux: Confiance Aveugle 2 (Through These Eyes)
Aveugle: Confiance Aveugle 3 (Blindside)
À Jamais (Blind Faith 3.5)
Cronin's Key Series
Au Coeur de Sutton Station (Red Dirt Heart)
Partir ou rester (Red Dirt Heart 2)
Faire Face (Red Dirt Heart 3)
Trouver sa Place (Red Dirt Heart 4)
Le Poids de Sentiments (The Weight of It All)
Un Noël à la sauce Henry (A Very Henry Christmas)
Une vie à Refaire (Switched)
Evolution (Evolved)
Galaxies et Océans (Galaxies and Oceans)
Qui Trouve, Garde (Finders Keepers)
Sens Dessus Dessous (Upside Down)

Alemán

Flammende Erde (Red Dirt Heart)
Lodernde Erde (Red Dirt Heart 2)
Sengende Erde (Red Dirt Heart 3)

Tailandés

Chino

Gracias por leer

9 781925 886733